혼자가 어때서

일러두기

- 맞춤법과 띄어쓰기는 '한글 맞춤법'을, 외래어 표기는 '외래어 표기법'을 따랐습니다.
- 원어 병기는 가독성을 위해 가급적 삼갔습니다.
- 책은 《 》, 신문·잡지는 〈 〉, 시·노래·음악은 「 」, 영화·텔레비전 프로그램 등은 『 』
  로 묶었습니다.
- 저자가 언급한 인물이나 사물, 지명이 국내에 잘 알려지지 않았고, 본문에 충분히 소
  개되어 있지 않은 경우에 한해서 대강의 내용을 각주로 달았습니다.

ITSUMO HITORI DE by AGAWA Sawako

Copyright © 2000 by AGAWA Sawako

All rights reserved.

Original Japanese edition published by DAIWASHOBO, 2000.

Republished as paperback edition by Bungeishunju Ltd., 2003.

Korean translation rights in Korea reserved by YEAMOONSA Publisher Co.,

under the license granted by AGAWA Sawako,

Japan arranged with Bungeishunju Ltd., Japan

through PLS Agency, Korea.

혼자가 어때서

아가와 사와코 지음 권영주 옮김

엘릭시르

차례

첫 번째 이야기

두 번째 이야기

세 번째 이야기

첫 번째 이야기

결혼하지 않은 열 가지 이점

철들었을 무렵부터 나는 장차 '어머니'라 불리는 존재가 될 것이라고 믿었다. 평범하게 학교를 졸업하면 평범하게 연애해서 착한 남편을 만나 자식을 낳고, 육아와 남편 뒤치다꺼리에 쫓기는 평범한 하루하루를 사는 것. 그게 내게 가장 잘 어울리는 삶이라고 생각했다.

그런데 어디서 뭐가 잘못됐는지 사십 대 중반이 된 지금도 여전히 독신이다. 이제는 그 꿈을 실현하기가 불가능할지도 모르겠다는 생각이 슬슬 든다.

"무슨 소리야? 의학이 얼마나 발달했는데. 아직 포기하지 마" 하고 위로해주는 사람이 있다.

"뭐하면 체외수정 시술 같은 방법도 있으니까" 하고 꽤 구체적으로 일러주는 친구도 있다. 그래, 포기하기에는 아직 이른지도 모르겠다. 하지만 나는 그런 비장의 수를 쓸 것도 없이 나이가 들면 당연히 아이가 있을 줄 알았다. 그런데 어쩌다가 이 지경이 됐는지 참 이상한 노릇이다.

어머니가 될 마음의 준비는 꽤 일찍부터 되어 있었다. 처음으로 맞선을 본 건 스물한 살 때였다고 기억한다. 첫 맞선은 그야말로 예기치 않게 벌어졌다. 아는 사람이 소개해준 남자를 만났는데 나중에 알고 봤더니 그게 맞선이었다. 아무리 그래도 너무 이르다, 아직은 결혼할 생각이 없다고 거절했다. 하지만 그 뒤 생각이 바뀌었다. 맞선 같은 딱딱한 방법이라도 사람과 사람의 만남이라는 건 다를 바 없다. 맞선을 통해서라도 이 사람이다 싶은 남자가 나타나면 그때부터 연애하면 된다. 그런 생각으로 중매가 들어오면 적극적으로 응하게 되었다.

언젠가 가슴 설레는 멋진 사람을 만날 게 틀림없다고 믿으며 정성 들여 자기소개서를 쓰고 잘 나온 사진을 골라 보냈고, 상대방의 데이터가 오기를 고대했다. 사진만 봐서는 모른다고 실제로 만나러 나가서 거리를 걷고 함께 식사했다. 한 번 만나서는 모른다고 몇 번 만나 상대방을 관찰했다. 그 결과 거절하기도 하고 거절당하기도 했다. 그래도 낙담하지 않고 다음, 또 다음에 기대를 걸어가며 서른 몇 번이나 맞선을 경험한 끝에 불안해졌다.

혹시 나는 결혼할 수 없는 성격인 걸까. 적령기가 되면 결혼 상대를 자연히 찾게 될 것이라고 믿었는데 아니었나. 친구들은 빠른 속도로 혼처가 정해져 행복한 신부의 모습을 보여주었다. 그들을 보며 나는 기도했다. 다음은 꼭 내 차례가 되게 해 달라고.

정신을 차려보니 서른이 코앞이었다. 그리고 우연한 계기에 텔레비전 일을 하게 되었다. 정치도 경제도 모르고 세상 물정에 어두운 나에게 뉴스 프로그램의 어시스턴트로 일해 보라는 제안이 들어온 것이다.

조금 고민하다가 하기로 했다. 일에 의욕이 솟아서는 아니었다. 저널리스트가 되고 싶어서도 아니었다. 그저 결혼하려는 노력이 벽에 부닥친 상황을 타파하기 위해 주변 환경을 바꾸고 심기일전하고 싶었던 것이다. 어차피 금세 잘릴 것이다. 그때까지는 처음 접하는 세계에서 즐기면 그만이다. 그렇게 약간 특이한 아르바이트를 시작한다는 기분으로 방송 일을 받아들였다.

막상 시작하고 보니 가벼운 마음으로 임할 만큼 만만한 일이 아니라는 걸 금세 알 수 있었다. 프로듀서에게 빈정대는 소리를 듣고, 상사에게 호통을 듣고, '고개 끄덕이는 것만 할 줄 아는 무능한 인간'이라느니 '뻔뻔녀' 같은 별명이 붙었다.

　당시의 실수담은 다음 기회로 미루기로 하고, 좌우지간 야단맞을 때마다 나는 머리를 숙이며 이렇게 말했다.

　"언제까지고 아마추어라 죄송합니다."

　눈앞에 들이밀어진 일은 최선을 다해 해내야 한다. 주위에 폐를 끼치지 않도록 실력을 쌓아야 한다. 그런 자각은 있었지만 근본적으로 프로 의식이 없었다. 지금 이 생활은 어디까지나 임시다. 내가 안주할 종착지는 결혼이니까. 결혼해서 애를 낳고 가정주부가 되는 게 내가 갈 길이다.

　그러다가, 아마 삼십 대 중반 무렵이었다고 생각하는데, 한 남자에게 이런 말을 들었다.

　"결혼이 인생의 최종 목표라니 너무 재미없잖아. 그런 식으로 생각하면 결혼해도 행복해질 수 없을걸."

　이 인간 뭐지? 결혼과 가정을 하찮게 여기나. 그때는 화가 났다. 하지만 그 뒤 일 년 지나고 이 년 지나면서 그가 한 말이 차츰 뇌리에 되살아났다.

그래, 그럴 수도 있겠구나. 어려서부터 나는 결혼을 하지 않으면 진정한 행복은 얻을 수 없다고 생각하고 살았다. 바꿔 말해 결혼만 하면 확실하게 행복해질 수 있다는 환상을 품고 있었다. 그 때문에 현실을 경시하고 어중간한 기분으로 일을 대했다. 그런 자세여서는 정말로 재미있는 일, 매력적인 일을 놓칠 수밖에 없다. 그리고 그의 말처럼 혹시 결혼이라는 꿈을 이루더라도, 조금이라도 마음에 들지 않는 상황에 처하면 내가 원한 건 이런 게 아니라는 낙담이 너무 커서 딛고 일어설 수 없을 것이다. 인생의 행복을 손에 넣으려면 지금의 나 자신을 좀 더 소중히 여겨야 하는 게 아닐까.

결혼만이 행복의 증거라면, 결혼하지 않은 사람은 모두 불행하다는 뜻이 된다. 하지만 실제로는 그렇지 않다. 결혼하지 않아도, 또는 결혼했는데 자식이 없어도 행복하게 사는 사람은 얼마든지 있다.

그런 생각을 하니 지금까지 나를 짓누르던 모든 것에서 해방된 기분이 들었다. 그리고 그때부터 일이 재미있어지기 시작했다.

몇 년 전 안노 미쓰마사[*] 씨가 '배불뚝이의 열 가지 이점'이란 것을 가르쳐주셨다. 실례되는 이야기지만 안노 씨는 산타클로스처럼 배가 불룩 튀어나왔다. 하지만 그걸 문제로 여기거나 슬프게 생각하지 않고 즐거운 일로 해석한다. 즉 배가 나온 덕에 '손자가 비를 맞지 않게 가려줄 수 있다, 위에 물건을 올려놓고 책상 대신 쓸 수 있다, 위험 상황에서 중요한 부위에 화상을 입지 않는다' 등등의 좋은 이유가 얼마든지 있다는 것이다.

그 말씀을 듣고 번득 깨달았다.

그래, 내게도 '결혼을 하지 않은 열 가지 이점'이 있지 않나. 귀가 시간이 자유롭다. 친구와 전화로 오래 수다를 떨어도 남편에게 싫은 소리 듣지 않는다. 매일 매끼 음식을 하지 않아도 된다. 마음대로 늦잠을 잘 수 있다. 밤에 늦게 잘 수도 있다. 목욕하고 알몸으로 나와도 괜찮다. 텔레비전을 독차지할 수 있다. 와이셔츠를 다리지 않아도 된다 ……. 헤아리다 보면 열 가지는 훌쩍 넘는다.

• 安野光雅. 일본의 그림책 작가. 초등학교 교사로 근무하다 1968년 《이상한 그림책》을 발표하면서 그림책 작가로 데뷔했다. 주요 작품으로는 《처음 만나는 수학책》《여행 그림책》 등이 있으며, 1984년 안데르센상을 수상했다.

아이가 없다는 것도 이것저것 생각하면 서운하지만, 이점을 찾으려면 의외로 떠오르는 것들이 있다. 도시락을 싸지 않아도 된다. 교통사고를 당하지 않았을까 걱정하지 않아도 된다. 입시 전쟁 때문에 힘들 일이 없다. 당장 생각나는 것만 해도 이 정도다.

긍정적으로 사고하려면 되도록 구체적인 예를 떠올리는 게 가장 좋다고 한다. 아직은 평생 결혼하지 않고 혼자 살겠노라고 결심한 건 아니지만, 혹시나 그런 운명이 확실해진다면 내 처지를 한탄하기보다 즐거운 일이 많이 생겼다고 생각하고 싶다.

그릇 개혁

독립해서 혼자 살기 시작했을 때, 작지만 즐거운 우리 집에 들여놓은 그릇 중에 신통한 건 하나도 없었다. 부모님 집 찬장에 오랫동안 잠들어 있던 찻주전자, 어렸을 때부터 애용했던 금 간 밥공기, 결혼식 답례품으로 받은 꽃무늬 케이크 접시와 내열 접시, 고등학교 때 친구와 딱 한 번 도예 교실에 갔을 때 구운 못생긴 말차 사발, 은행에서 선물로 받은 작은 찬그릇 …….

격식 차려야 하는 손님을 초대할 것도 아니고 어차피 마음 편하게 혼자 사는 건데 체면 따위 아무래도 상관없지 않나. 독립한다는 것만으로도 충분히 흥분됐다.

이사한 지 얼마 되지 않아 친구가 집에 놀러 왔다. "변변치 않아서 미안하네" 하고 겸손을 떨며 직접 만든 음식을 그릇에 담아 자랑스레 내놓자마자 친구가 한심하다는 표정을 지었다.

"진짜 변변치 않네. 이보다 좀 나은 그릇은 없니?"

들고 보니 중국식 채소볶음을 꽃무늬 케이크 접시에 담았고, 옥수수 수프를 결혼식 답례품으로 받은 영국풍 커피잔에 담았다. 나 자신도 그게 최선이라고 생각한 건 아니었지만, 적당한 그릇이 없으니 어쩔 수 없었다. 차차 장만하면 된다고 여유 부리는 사이에 있는 물건으로 적당히 때우는 생활에 익숙해져 그릇에는 신경도 쓰지 않았던 것이다.

어처구니없어하는 친구의 말을 듣고 정신이 들었다. 그래, 이 기회에 작심하고 그릇 개혁에 나서보자. 하지만 그렇다고 양식기 세트를 한꺼번에 갖추는 건 취향도 아니고, 그럴 여유도 없었다.

내 그릇 개혁은 개혁이라는 말이 우습게도 소소하게 진행됐다. 여행 중에 작은 골동품 상점에 들러 값이 적당한 접시를 샀다. 메밀국수 장국을 담을 남빛 도기를 하나 구입했다.

외국에 갔을 때는 전부터 동경하던 작은 도자기 커피잔을 딱 두 개 샀다. 이런 식이었다.

산책하다가 동네 그릇 가게에서 '하자품 세일'이라는 딱지가 붙은 검은 사발을 발견하고 기뻐한 적도 있다. 선반에서 집어 몇 번이나 만지작거리며 카레라이스도 고기감자조림도 잘 맞겠다고 담아 먹을 음식을 이것저것 생각하고 있으려니 가게 주인이 "마음에 드신 모양이군요. 그럼 좀 더 싸게 드리죠"라고 해서 쾌재를 불렀다.

그런 식으로 마음에 들어서 사 왔는데도, 막상 음식을 담아 보니 약간 실망스러운 경우도 있다. 이상하게 가게에서 볼 때가 훨씬 멋지고 그럴싸해 보인다. 그냥 보기만 할 때는 여전히 아름다운데, 왜 그런지 쓰려고 하면 영 어색한 것이다. 다 된 음식을 옮겨 담으려고 자, 어느 그릇에 담을까 하며 식기 선반을 살펴볼 때 그 그릇은 나도 모르게 피하게 된다.

반대로 별 애정이 없었던 그릇이 의외로 쓰기 편해 결과적으로 일 년 내내 식탁에 오르기도 한다. 그런 그릇은 저절로 식기 선반의 앞줄에 놓인다.

취미로 도자기를 굽는 친구의 전시회에 갔다가 반쯤은 의리로 구입한 찬그릇을 뜻밖에 잘 사용하고 있다. 연한 갈색에

무늬는 없고 특별히 개성이 강한 건 아닌데, 크기도 그렇고 색깔도 그렇고 깊이도 그렇고, 절임이건 데친 나물이건 뭘 담아도 잘 어울린다. 이런 식으로 사용하면서 점점 좋아지는 그릇을 만나면 행복한 기분이 든다.

또 처음에는 아주 마음에 들었는데 쓰다 보니 싫증나는 그릇도 있다. 반대로 아무리 써도 질리지 않는 그릇도 있다. 손에 넣기 전에 한눈에 이것저것 판단할 능력이 있다면 좋겠지만, 내 눈은 그렇게 발달하지 못했다.

하지만 요새는 그런 생각이 든다. 그렇게 뛰어난 감별 능력은 필요 없지 않을까. 결국은 문외한이 자기 생활의 즐거움을 위해 곁에 놔두는 그릇이 아닌가. 사회적 가치가 얼마나 있나, 값이 얼마인가 하는 것이 뭐 그리 중요할까. 어차피 비싼 그릇은 하나도 없지만, 그릇과 자신의 관계에 어떤 추억이 담겨 있느냐 하는 쪽이 더 중요하다는 생각이 든다.

요새 애용하는 그릇은 작년 교토에 갔다가 골동품 거리에서 발견한 오래된 이마리 자기*다. 교토 미술상의 지도를 받

---

* 일본을 대표하는 도자기의 하나. 도자기가 출하되는 항구의 이름을 따서 이마리 자기, 혹은 도자기의 산지인 사가 현의 마을 이름을 따서 아리타 자기라고도 한다. 하얀 바탕에 안료로 그림과 문양을 그리는 것이 특징이다.

으며 고른 남빛 십이각 사발인데 안쪽에 조롱박 무늬가 있고 전체적으로 현대적인 이미지다. 무늬와 색이 약간 강해서 음식과 충돌하지 않으려나 걱정했지만 담고 보니 의외로 잘 맞았다. 혼자서 사러 갔다면 절대 고르지 않았을 것 같은 그릇이다. "어떤 그릇이 좋은지 알려면 대체 어디를 어떻게 봐야 하는 걸까요?" 하고 여쭤보니, 선생님은 생긋 웃으며 말씀하셨다.

"그냥 보는 겁니다. 많이 보세요. 그러다 보면 알게 될 겁니다."

부처님 말씀처럼 어렵다.

조롱박 무늬 사발을 쓸 때마다 그 말씀이 생각난다. 그 김에 주위의 잡다한 그릇을 둘러보면 피식 웃음이 난다. 모두 다 인연이 있어 내게 온 것이다. 좋아하는 접시도 약간 싫증 난 그릇도 금이 간 밥공기도 이 빠진 사발도, 고유한 추억이 담겨 있는 한 애착이라는 가치가 붙어 버리기가 쉽지 않다.

결국 내 그릇 개혁은 여전히 혼돈 상태다.

비닐봉지 힐링

요즘 목욕을 즐기는 새로운 방법이 생겼다. 친구에게 배운 것인데, 커다란 비닐 쓰레기 봉투 밑바닥에 하나, 좌우로 각각 하나, 합해서 구멍을 세 개 뚫어 옷처럼 만든다. 욕조에 너무 뜨겁지 않게 적당한 온도의 물을 받고, 낡은 티셔츠 하나만 입고 그 위에 비닐봉지 옷을 뒤집어쓴다. 몰골은 참 기묘하지만, 어쨌든 그 상태로 허리까지 물에 담그고 가만히 삼십 분 기다린다. 이렇게 반신욕을 한다.

아무것도 안 하고 있으려면 좀이 쑤시기 때문에 몸이 나와 있는 부분을 제외한 나머지 부분을 전부 뚜껑으로 덮어 그 위에 책을 올려놓고 읽는다. 책이 젖으면 안 되니까 작은 타월을 옆에 준비해놓고, 책 밑에도 타월을 깐다. 얼마 있으면 온몸이 덥혀져 물 밖으로 나와 있는 손이며 얼굴, 목에 땀이 송골송골 맺힌다.

이게 몸에 좋다는 모양이다. 땀을 많이 흘려 혈액 순환이 잘되게 해주기 때문에 수족 냉증과 어깨 결림에 좋다고 한다. 줄줄 흐르는 땀을 느끼다 보면 나도 모르게 웃음이 입가에 번진다. 이 정도로 땀을 흘리면, 수족 냉증과 어깨 결림이 낫는 건 물론 최근 신경 쓰이기 시작한 투실투실한 뱃살과 늘어진 옆구리 살도 빠지는 게 아닐까 싶다.

실제로 이 비닐 반신욕(내가 이름 붙였다)을 하고 나서 몸무게를 재면 전에 비해 700그램 정도 줄어 있다. 오오, 쾌거로다, 하고 만족해서 행복한 기분으로 냉장고에서 맥주라도 꺼내 벌컥벌컥 마셨다간 금세 도로 아미타불이다. 운동 쪽에 밝은 친구는 "그건 일시적으로 수분이 빠졌을 뿐이고 지방엔 아무런 영향이 없어"라며 들뜬 내 기분을 단칼에 후려쳤다. 그러니 다이어트에 효과가 있는지는 수상쩍을 따름이다.

하지만 한 달에 몇 번이기는 해도 이 방법으로 목욕을 하게 된 이후 목욕을 대하는 자세가 달라졌다.

고백하자면 나는 목욕을 잘 안 한다. 어느 쪽이냐 하면 목욕을 싫어하는 편이다. 오해가 없도록 밝혀두는데 샤워는 매

일 한다. 아침에 일어난 후는 물론이고 나가기 전, 외출하고 돌아와서 피곤하다 싶을 때, 밤늦게, 잠깐 기분 전환을 하고 싶을 때 등 생각나면 바로 샤워를 한다. 그런데 욕조에 들어가서 하는 목욕은 망설여진다.

애초에 조급하게 타고났는지, 일단 욕조에 물을 받는 동안 기다리는 게 괴롭다. 가끔은 끝까지 기다릴 때도 있지만, 욕실에 발을 들여놓자마자 재빨리 몸을 씻고 욕조에 대충 담근다. 얼마 안 돼서 나와 머리를 감는다. 다시 욕조에 들어가 한 박자 쉬려 하면, 금세 머리에 피가 몰리기 때문에 바로 나온다. 내가 생각해도 참 신속하다. 다시 말해 까마귀 멱 감듯* 목욕을 후딱 끝낸다.

까마귀를 자인하면서도, 욕조에서 나오고 나면 이렇게 뜨뜻한 물을 달랑 한 번 쓰고 버리기는 아깝다는 생각이 든다. 그래서 얼마 동안 물을 빼지 않고 그냥 둔다. 하지만 다시 가열할 수 있는 타입의 욕조가 아니기 때문에 물이 곧 식는다. 하는 수 없이 버린다. 배수구로 흘러 나가는 물을 보며 아아, 아까워라 하고 깊이 반성한다. 이런 과정을 거치다 보면 점점

---

* 일본인이 즐겨 쓰는 속담으로 목욕탕에서 대충 씻는 모양을 일컫는다. 우리의 '고양이 세수하듯'과 유사한 의미다.

더 목욕에서 멀어진다.

성격이 급한 데다 노랑이이기까지 하다. 이런 성격을 가진 혼자 사는 사람에게 느긋한 목욕은 맞지 않는다고 오랫동안 생각하며 살았다. 그러다가 비닐 반신욕을 만나고서야 발견한 것이다.

삼십 분 동안 조용한 욕실에서 꼼짝 않고 몸을 담그고 있으면 얼마나 마음이 평안한지를!

목욕에는 몸을 덥히고 혈액 순환을 도와주고 몸을 깨끗하게 해주는 것뿐 아니라 긴장을 완화해주는 효용이 있다는 걸 실감했다.

이제 와서 그런 걸 깨닫고 기뻐하는 게 우스꽝스러워 보이겠지만, 내게는 꽤 큰 개혁이다. 힐링 한답시고 비싼 돈 주고 어디 갈 것도 없이 가까이에 소중한 장소가 있었던 것이다. 《파랑새》의 틸틸과 미틸이 된 심경으로 갑자기 욕실 청소를 시작한다. 그 김에 옆에 붙은 화장실도 깨끗이 청소해서 앞으로 이 공간을 힐링 스페이스라 부르기로 했다.

만능 비서 테이프 양

양면테이프는 내게 생활필수품이다. 미리 사놓지 않으면 마음이 불안하고, 여행 갈 때도 가방에 넣어 간다.

원고를 쓰는 데 필요한 게 아니다. 인터뷰에 사용하지도 않는다. 실은 어깨 패드를 고정하는 용도로 애용하고 있다.

자랑은 아니지만 나는 전형적인 처진 어깨다. 숄더백을 메면 스르르 미끄러져 떨어질 만큼 어깨가 좁고 기울었다. 기모노를 입으면 여성스러워 보여서 좋지만, 보통 옷은 어깨 언저리가 빈약해 도통 폼이 나지 않는다. 그 때문에 늘 어깨 패드를 넣어 조정해야 한다.

옷에 따라 이미 패드가 붙어 나오는 것도 있지만, 유행에 따라 그 높이가 미묘하게 다르다. 또 어깨 패드가 든 옷을 두

개 겹쳐 입으면, 가령 블라우스와 재킷 둘 다에 패드가 들어 있을 경우, 꼭 미식축구 선수처럼 어깨가 우람해질 염려가 있다.

'이래선 겹쳐 입을 수 없잖아' 하며 한쪽 옷에서 패드를 뺀다. 외출 전에 서둘러 준비하던 중에 꿰매져 있는 어깨 패드를 떼어내는 건 꽤나 귀찮은 작업이다. 게다가 나중에 어깨 패드를 떼어낸 그 옷 하나만 입으면 어깨가 빈약해 너무나 초라한 실루엣이 되고 만다. 그야말로 어깨가 안 산다.

그런 불편한 일을 반복하다가 실로 꿰매는 걸 그만두기로 했다. 그리고 누구에게 들었는지는 기억나지 않지만, 양면테이프를 사용해본 뒤로 '양면테이프가 제일 편리하다'라는 결론에 도달했다.

양면테이프를 사용하면 유행에 맞춰 높이를 조정할 수 있는 데다, 두 개가 겹쳐져 너무 높다 싶으면 즉각 뗄 수도 있다. 임기응변이 가능하고 자유자재로 응용할 수 있어서 매우 애용하는 방법이다.

양면테이프를 이런 식으로 쓴다는 걸 알면, 양면테이프를 개발하신 분들이 무척 실망하실 것 같다. 더 학술적이고 가치 있는 이용법이 있을 것이라고 믿으며 만드셨을 텐데 말이다.

참으로 죄송하기 그지없지만, 죄송한 이용 방법은 그게 다가 아니다. 양면테이프는 바짓단을 올리거나 소매 길이를 조정할 때도 아주 유용하다.

직업상 이따금 의상을 대여해서 입곤 하는데, 그런 옷은 본격적으로 수선하기가 불가능할 때가 많다. 어쨌거나 몇 시간만이라도 내 몸 사이즈에 맞춰야 할 때 가방 속 양면테이프는 기다렸다는 듯 활약한다.

양면테이프만 믿다가 실수한 적도 많다. 아직 점착력이 남아 있을 것이라고 생각해서, 여러 번 붙였다 뗀 테이프를 갈지 않은 채 어깨 패드를 옷 안쪽에 붙였을 때의 일이다.

어깨 패드가 툭 떨어진 것이다.

그것도 보는 눈이 많은 호텔 안에서.

투피스를 입고 점잔 뺀 표정으로 인터뷰에 임하려고 천천히 걸어가는데 뒤에서 남자 목소리가 들렸다.

"앗, 아가와 씨, 뭐 떨어뜨리셨습니다."

돌아봤더니 남자가 몸을 굽혀 살색 삼각형 물체를 바닥에서 줍고 있었다. "꺅" 하고 외마디 소리를 지르며 재빨리 삼각형 물체를 빼앗았으나, 이미 많은 사람이 그 순간을 목격하고 말았다.

 "저런, 그게 뭔가요? 설마 가슴뽕은 아니겠죠?"

 다들 우하하하 하고 웃었다. 나 혼자 울고 싶은 기분이었다.

 울고 싶어진 경험은 이때 한 번뿐이 아닌데도 양면테이프를 포기하지 못하겠다. 물론 어깨 패드 용도가 아니더라도 갖고 다니다 보면 여러모로 편리하다. 휘갈겨 쓴 중요한 메모를 벽에 붙일 때, 외출 중에 풀이 없을 때, 또 상의의 목선이 너무 많이 파인 게 아닌가 갑자기 신경 쓰일 때 등등. 유능한 비서가 곁에 있는 것처럼 슬그머니 도와주는 존재가 바로 양면테이프다.

모르고 쓰는 말

중학교 때 친구와 오랜만에 같이 식사를 했다. 전부터 어렴풋이 의심스러웠는데 이번에 만났더니 틀림없었다. 주의를 줄 것인가, 아니면 잠자코 넘길 것인가. 망설인 끝에 넌지시 말했다.

"얘, 그 말투 하지 마."

그러자 친구는 무슨 뜻인지 모르겠다는 표정으로 말했다.

"뭐?"

"그 말투 말이야, 하프 퀘스천."

친구는 또다시 "뭐?"라고 반문했다.

그래, 본인은 전혀 모르는 모양이다. 나는 그녀에게 하프 퀘스천에 대해 설명했다.

이게 공식적인 명칭인지 아닌지는 확실하지 않다. 전에 '그런 식의 말투'에 관해 이야기했더니 친구가 "아, 그거 하프 퀘스천이라고 해"라고 가르쳐주었다.

예컨대 "오사카에 출장? 갔을 때 맛있는 꼬치 튀김 집? 에 갔었거든. 그랬더니 거기 가게 사람? 이 예전? 도쿄 쪽 가게에 있던 사람이? 우연? 인데 대단하지?" 하는 식이다. 다시 말해 의문문일 필요가 없는 부분에서 명사가 됐건 동사가 됐건 빈번히 말을 끊고 말끝을 살짝 올려 상대방에게 확인하는 듯한 형태로 이야기하는 화법이다. 일종의 모호한 표현인지, 자신 없음의 발로인지, 하여간 영 신경 쓰인다.

하프 퀘스천에 관해서는 전에도 다른 지면에 쓴 적이 있는데, 그때는 '젊은 사람들뿐 아니라 연배가 있는 사람들도 사용하는 것을 가끔 보곤 한다'라고 적었다. 그 뒤 개인적으로 조사해보았는데, 의외로 젊은 사람들에게서는 별로 들어보지 못했다. 오히려 사십 대 이상 사람들의 사용 빈도가 높았다. 심지어 요새는 텔레비전 아나운서 같은, 말에 있어서 프로페셔널인 사람도 아무렇지도 않게 쓴다.

"내가 그렇게 말한단 말이야?"

친구는 울컥한 표정이었다.

"응, 딱 그래. 네가 몰라서 그렇지. 그렇지만 이제 알았으니까 고쳐질 거야."

"그렇구나." 친구는 그 뒤 갑자기 말수가 줄었으나 이내 기분을 바꾸었는지 "하긴, 그런 걸 지적해주는 친구는 귀중한 존재지. 고마운 일이야"라고 했다.

사실은 이 친구, 전에는 '라(ら)'를 빼고 말하는 버릇이 있었다. "이거 먹을 수 있어?" "안 보여"(각각 '다베라레루(食べられる)' '미라레나이(見られない)'에서 '라(ら)'를 뺐다) 같은 말을 하도 연발하는 바람에, 만날 때마다 "하지 마" 하고 불평했다. 그녀는 나를 '잔소리꾼 할망구'라고 부르더니 얼마 뒤 편지를 보냈다.

"언제나 내 말씨를 지적해줘서 고마워. 그렇지만 저번에 신문을 보니까 긴다이치 하루히코° 씨가 '언어는 시대와 더불어 변천하는 것. 라(ら)를 빼고 말하는 것도 이제 인정해야 한다'라고 쓰셨더라. 참고하라고 기사 스크랩을 동봉했다. 맛이 어떠냐, 이 잔소리꾼 할망구야."

하지만 아무리 긴다이치 하루히코 씨가 인정하셨더라도

° 金田一春彦. 일본의 대표적인 언어학자. 국어사전을 편찬하였으며 일본어 방언의 악센트 연구로 잘 알려져 있다.

나는 찬성할 수 없다. 좋고 나쁘고를 따지기 이전에 마음에 걸린다고 할지 귀에 걸린다.

연재 중인 인터뷰 기사의 교정지를 받으면 의식하지 못했던 자신의 말투에 경악할 때가 있다.

"'~해버렸다' '진짜?' '~라든지' 같은 말이 너무 많네요. 대답이 너무 경박해 보이니까 고쳐야겠습니다."

담당 편집자에게 말하자, 이런 대답이 돌아왔다.

"그거 전부 아가와 씨 발언을 그대로 옮긴 건데요."

"난 그런 말씨 쓴 적 없어요. 지어낸 거죠?"

"아니, 딱 그렇게 말씀하신다니까요. 아가와 씨가 몰라서 그렇죠. 테이프 다시 들어보시겠습니까?"

나를 '잔소리꾼 할망구'라고 부르는 친구의 비웃음 소리가 들리는 것 같아 분하다.

허용 범위

같이 일하는 사람과 이야기하는데 상대방의 입에서 갑자기 '바슈'라는 말이 튀어나왔다.

"그건 또 뭐예요?"

나는 즉시 낮은 목소리로 으름장 놓듯 말했다. 보나마나 젊은 애들이 쓰는 정체불명의 유행어가 틀림없다고 생각했기 때문이다.

"에이, 아가와 씨, 바슈 모르세요?"

"몰라요. 내가 젊은 애도 아닌데 그런 걸 어떻게 알아요?"

"젊은 사람 아니라도 다들 안다고요. 바스켓 슈즈(농구화)를 줄여서 바슈라고 하는 거, 저 어렸을 때부터 쓰던 말인데요."

그렇게 말하며 웃은 건 잡지 편집자 청년이다. 말이 청년이지 서른 살이 넘은, 한 아이의 아버지다. 이따금 그와 대화가 통하지 않을 때가 있어서 세대 차를 느끼곤 한다. 전에도 "그 사람, 글라선을 쓰고 있었는데 ……"라고 해서 내 머리에 느닷없이 거부 램프가 깜박였다.

"글라선?"

"글라선 모르세요?"

모르지는 않는다. 이야기의 문맥으로 대략 짐작은 됐다. 선글라스 이야기다. 하지만 선글라스를 글라선이라고 말하는 것 자체에 거부감이 느껴졌다. 어쨌거나 말 다루는 게 직업인 편집자가 그런 말을 쓰다니 돼먹지 않았다. 입술을 삐죽 내밀고 불쾌한 기분을 내비쳤더니, 그가 조심스레 말했다.

"아가와 씨가 말을 소중하게 여기시는 마음은 이해합니다. 이해는 하는데요, 지금은 중요한 미팅을 하는 중이니까 그렇게 일일이 말허리를 끊지 말고 일단 끝까지 들어보세요."

어째 고집통 할머니를 아들이 타이르는 듯한 형태로 내 입을 막았다.

최근 들어 왠지 이런 장면이 많아졌다. 한번은 젊은 카메라맨에게 길을 물었는데 그가 "저기 패미마 있는 데서 모퉁이를 돌아서"라고 하기에, 불끈 치밀어서 "패미마라니요? 그런 약어도 있나요?"라며 미간에 주름을 잡고 잔뜩 화를 냈다. 기껏 친절하게 길을 가르쳐주던 카메라맨이 난처한 표정을 지었다. 미안해라.

하지만 나도 참 내 멋대로다. 편의점 브랜드인 패밀리마트를 패미마라 줄여서 말했다고 그렇게 불쾌해했으면서 패미컴(일본의 게임기 상표인 패밀리 컴퓨터)에는 익숙해진 데다가, 퍼스컴(퍼스널 컴퓨터, 즉 PC)이라는 말도 일상적으로 사용한다. 패미레스(패밀리레스토랑)는 용납이 안 되지만 컨비니(컨비니언스 스토어, 편의점)는 용납할 수 있다. 프리클러(프린트 클럽, 스티커 사진)에는 겨우 익숙해져 오히려 정식 명칭이 생각나지 않을 정도면서, 텔레카(텔레폰 카드, 공중전화 카드), 하이카(하이웨이 카드. 우리나라에서 말하는 하이패스)라는 말은 듣기만 해도 역겹다.

새로운 말에 거부감을 느끼고 오래된 약어는 괜찮은가 하면 꼭 그렇지도 않다.

학창 시절 친구에게 "다마다카 안 갈래?"라는 말을 듣고 화들짝 놀란 적이 있다. 그녀는 다마가와 다카시마야 백화점을 다마다카라고 부르면서, 니혼바시 다카시마야를 니치다

카라고 하지는 않는다. 도쿄 프린스 호텔을 도프리라고 하면서, 시나가와 프린스 호텔은 시나프리라고 부르지 않는다. 어떤 식으로 구분해서 사용하는지 모르겠는데, 나는 처음 들은 지 이십 년이 지난 지금도 다마다카도, 도프리도 귀에 설다.

사십 대인 내가 이런 식이니 연세 드신 분들은 더 괴롭지 않으실까.

"요새 젊은 사람들 말씨, 화나지 않으세요?"

지난번 모리 미쓰코* 씨를 뵈었을 때 이렇게 여쭤보았다.

"아뇨, 하나도요. 다르구나 싶긴 하지만 화나지는 않아요. 재미있는데요."

말뿐 아니라 풍습, 유행, 생각하는 방식에 이르기까지 새로운 것이라면 뭐든 호기심을 느끼고 궁금하다고 하신다. 아하, 그래서 모리 씨는 젊은 남자들에게도 인기가 많으신 걸까. 언제까지고 연세를 드시지 않는 걸까.

나도 반성하고 좀 더 마음을 넓게 가져야겠다고 마음먹고, 대담이 끝난 뒤 젊은 편집자에게 말을 걸었다.

---

* 森光子. 일본의 베테랑 여배우. 연극 『방랑기(放浪記)』의 주연을 초연부터 사십오 년간 계속하여 이 분야 일본 기록을 갖고 있다. 총 2,017회 공연했다. 2005년 학문 및 예술에 공을 세운 이에게 일본 정부가 수여하는 시주호쇼(紫綬褒章) 문화훈장을 받았다.

"우리 갈 때 '택'할까?"

학창 시절 친구들 사이에서 '택시 타다'를 그렇게 말하던 시기가 있었다. 그러자 편집자가 말했다.

"에이, 저속하게 그게 뭡니까? 전 그런 말 안 씁니다. 징그 럽잖아요."

사활 문제

전철을 탔는데 옆에 중학생 같은 남자애와 어머니가 서 있었다. 그런데 어머니가 무척 언짢아 보였다. 미간을 있는 대로 찌푸린 채 아들을 노려보고 있었다.

"다들 이렇게 입는다더니 어디가 '다들'이라는 거니? 너처럼 입은 사람이 어디 있어?"

봤더니 아들은 당시 유행하던 헐렁한 청바지를 골반까지 끌어내려 입고, 위에는 마찬가지로 헐렁한 점퍼를 걸치고 있었다.

"난 정말 이런 꼬락서니 싫다!"

도저히 못 참겠다는 투로 내뱉듯 말하는 어머니 옆에서 아들은 침묵을 지켰다. 그러자 얼마 있다가 어머니가 다시 시작했다.

"저번 한자 시험, 그런 점수를 받고도 너 용케 아무렇지도 않구나. 그거 사활 문제란 말이야. 알겠니? 사느냐 죽느냐 하는 문제라고. 그런 걸 넌 ……."

나도 모르게 어머니의 얼굴을 보았다. 사활 문제는 과장이 너무 심하지 않나요, 어머님.

심정은 이해하지만 한자 시험에서 한두 번 0점을 맞은들 죽기야 하겠습니까.

어머니의 얼굴에서 시선을 옮겨 이번에는 아들 얼굴을 보았다. 아들은 여전히 무기력한 표정으로 바깥 경치에 눈을 주고 있을 뿐이었다.

아무 느낌도 없는 걸까. 그렇지는 않을 것이다. 아마 애써 무시하는 것이리라. 어쩌면 어머니가 말한 '사활 문제'라는 말의 의미에 관해 또 다른 공상을 펼치는 중일지도 모른다. 훗날 어른이 되어 그 단어를 쓸 때마다 소년은 이날 일을 떠올릴 것이다. 어머니의 격앙된 목소리도 뇌리에 되살아날 것이다.

"전 '사활 문제'라는 단어를 어렸을 때 전철에서 어머니한테 꾸중 들으면서 배웠습니다."

그렇게 말할 게 분명하다.

나에게도 그런 단어가 있다. 아버지는 우리 남매가 무슨 잘못을 저지르거나 태도가 마음에 들지 않을 때 꼭 이런 말을 했다.

"네가 누구 덕에 먹고 사는데. 부모 말 안 들을 거면 당장 나가!"

여기까지는 아들, 딸 공통이었다. 그러나 딸에 대해서만은 그 뒤 다음과 같은 말이 이어졌다.

"당장 나가! 길바닥에 쓰러져 죽든 사창굴에 가든 내 알 바 아니다."

처음으로 그 말을 들은 게 중학생 때였던가. 당시 사창굴이 어떤 곳인지 뚜렷이 인식한 건 아니었지만, 대략 어떤 곳이리라는 건 상상할 수 있었다. 나가라는데 정말 확 나가버릴까. 하지만 가진 돈을 생각하면 아닌 게 아니라 며칠 만에 길바닥에서 굶어 죽을 수도 있겠다 싶으니, 죽기 싫으면 '사창굴'이라는 곳에 가야 할지도 모른다. 그렇게 생각하니 불안해서 가출할 생각을 접었다.

지금도 '사창굴'이라는 단어를 들으면 동시에 아버지의 화난 목소리가 되살아난다. 이미 독립해서 부모님과 함께 살지 않으니 아버지에게 그 소리를 들을 기회는 없어졌지만, '사창굴'은 내게 씁쓸하고 우스꽝스러운 기억과 겹치는 특별한 말이다.

어머니에게 혼나던 소년은 끝까지 단 한 마디도 대꾸하지 않다가 역에서 내렸다. 오새 젊은 사람들을 보면 죄 화나는 일뿐인 데다가 스스로 관대한 어른이라고 생각지는 않지만, 그 소년만은 약간 딱하다는 생각이 들었다. 전철에서 내리는 소년의 등을 살짝 두드리며 '기죽지 마'라고 속삭여주고 싶었지만 그만두었다. 내게 아들이 있었다면 그 어머니와 똑같은 일을 했을 가능성이 전무하다고는 할 수 없기 때문이다.

질문은 하나만

"그렇군. 그럼 다음부터는 질문을 하나만 해볼까."

일 관계로 알게 된 회사 임원인 신사가 납득했다는 표정으로 말씀하셨다. 발단은 내 발언이었다. 인터뷰 일을 하면서 특히 유념하는 게 뭐냐는 질문을 받고 내가 그렇게 대답한 것이다.

나도 예전에 어느 텔레비전 아나운서에게 배운 것이었다.

인터뷰를 할 때는 질문을 딱 하나만 준비해서 갈 것.

열 개, 스무 개 준비해서 인터뷰에 임하는 건 좋지 않다, 오히려 실패한다.

당시에는 그런 조언을 받아도 두려워서 도저히 실행에 옮길 수 없었다. 눈앞에 있는 게스트와 대화가 뚝 끊겼을 때를 상상했기 때문이다. 질문을 적은 메모를 손에 들고 하나씩 소화해나가는 편이 안전하다. 만전을 기하는 게 중요하다고 믿어 의심치 않았다.

그런데 실제로 준비한 메모에 따라 인터뷰를 진행해봤더니 게스트가 입을 여는 순간 나는 방심하는 것이었다. 오오, 대답이 돌아왔다. 이걸로 일단 안심이다. 다음은 뭘 물어야 하더라? 하고, 상대방의 말에 맞장구를 치며 머릿속으로는 다음 질문을 생각한다. 당연히 이야기를 듣고 있지 않다. 그러니 상대방의 대답과 연결되지 않는 질문이 튀어나온다. 게스트는 '뭐야, 이 사람 내 말 안 듣고 있잖아' 하고 실망해서, 그럼 적당히 대답해도 되겠다고 열의를 잃는다. 따라서 대화가 건성건성 그저 그런 내용으로 끝날 위험이 크다.

'그러니까 질문은 하나만. 그럼 다음 질문할 소재를 찾으려고 상대방의 이야기를 열심히 듣게 된다. 열심히 듣다 보면 저절로 다음에 할 질문이 떠오른다. 그러면서 점차 질문하는 사람과 이야기하는 사람의 기분이 이어져 대화가 순조롭게 진행될 것이다.'

선배 아나운서의 충고를 실감한 건 그로부터 십 년 가까이 지나서였다. 그런 이야기를 했더니 앞서 언급한 신사가 말씀하셨다.

"좋아, 다음에 신입사원 채용 면접 때 실행해볼까. 재미있겠어."

그의 말에 따르면, 요새 면접은 누구나 요령을 알기 때문인지 질문을 하면 뻔한 대답만 돌아온단다. 예상을 벗어나는 엉뚱한 대답은 없는 모양이다.

"하지만 생각해보면 묻는 쪽도 뻔한 질문만 하니 말이지. 왜 우리 회사를 선택했느냐, 입사하면 무슨 일을 하고 싶으냐. 묻는 쪽에도 확실히 문제가 있어."

신사는 깊이 납득하며 다가올 면접시험에 의욕을 불태우는 듯했다. 하지만 나는 약간 마음이 불안해져 물었다.

"어떤 질문부터 시작할 생각이시죠?"

"글쎄. 가령 '자네 넥타이 멋진데. 그거 누구 취향이지?' 같은 건 어떨까?"

그야 좋기는 하지만, 어쨌거나 면접 시간은 짧을 텐데 거기서 시작해서 과연 목적하는 화제에 도달할 수 있을까. 나도 기본은 '질문은 하나만'이라지만 상대방이나 소요 시간에 따라 더욱 복잡한 전략이 없는 건 아니다. 내 이야기를 마음에 들어 해주시는 건 고맙지만, 내년에 가서 그 회사 신입사원에 대해 책임지라고 하면 어쩌나.

"부디 우수한 인재를 찾으시기를 바라겠습니다."

생긋 웃은 뒤 허둥지둥 떠났다.

이십 대의 우울

생각해보면 내 이십 대는 어두웠다. 딱히 경제적으로 어렵지도 않았고 몸도 더없이 건강했다. 가족·친구 면으로도 운이 좋았고, 죽도록 고통스러운 사랑을 경험한 적도 없었고, 의식주에 부족함이 없어 예의를 지킬 줄 아는 젊은이였다. 마지막 부분은 좀 의심스럽지만. 어쨌든 내 처지에 대해 불평하면 천벌을 받을 정도로 평온하고 근심 없는 생활이었다. 그런데도 늘 불안정했고 어딘지 모르게 충족감이 없었다. 확고한 목표가 없는 나날을 보냈던 것 같다.

그런 개운치 않은 기분이 들기 시작한 건 대학에 입학했을 무렵이었다. 고등학교 때까지는 의무교육의 연장이라는 의식이 있었다. 학교에서 인도하는 길을 투덜투덜 불만을 늘어놓으면서도 걸어가면 그만이었다. 그런데 대학에 들어왔더니 '자, 이제부터는 자기가 하고 싶은 공부를 하고 싶은 만큼 하도록!' 하고 느닷없이 방임하는 게 아닌가. 이런, 난감하게 됐다. 내가 하고 싶은 일은 뭘까. 뭐가 하고 싶어서 대학에 왔을까. 그걸 전혀 알 수 없었다.

생각해보면 대학을 간 것도 주위 친구들이 모두 간다고 했기 때문이었다. 이렇다 하게 이루고 싶은 꿈도, 가고 싶은 진로도 딱히 없었다. 그래서 친구들과 함께 '대학 입시'라는 시련에 도전하기로 했다. 다시 말해 '대학 입시'를 치기 위해 대학을 가려 했고, 시련을 극복해 합격한 순간 목표를 잃은 것이다.

부모님께 그런 말을 할 수는 없다. 학비를 받는 이상 대학에 다니는 이유를 찾아내야 한다. 그래서 '대학에서 학문 말고도 인생에서 플러스로 작용할 뭔가를 습득하고 싶다'는, 뭐가 뭔지 알 수 없는 선언을 했다. 하지만 실제로는 아침부터 밤까지 테니스만 치고 친구와 찻집을 드나들며 남자친구 물색에 열을 올리는 나날이었다.

물론 '뭔가'가 뭔지를 찾기 위해 나름대로 고민했다. 친구와 함께 인생에 대해 이야기했다. 하지만 진심으로 독자적인 목표를 찾아내려는 노력은 하지 않았다. 아마 마음 한구석에 언젠가 멋진 배우자를 만나 그 사람 인생을 따라 살 것이라는 안이한 판단이 있었을 것이다.

나는 어렸을 때부터 전업주부가 되고 싶다는 마음이 강했다. 사회로 나가 일하는 여자가 되고 싶다는 생각은 조금도 없었다. 대학 졸업을 눈앞에 두고 친구들이 취업 전선에 뛰어들었을 때도 동참하지 않았다. 어차피 취직해봤자 나처럼 딱히 잘하는 게 없는 여자는 차 끓이는 일 정도나 할 수 있을 것이다. 그런 일로 시간을 허비하느니 차라리 결혼할 때까지 사 오 년간(당시는 그렇게 계산했다)을 더욱 유용하게 보내자. 결혼 뒤에도 계속할 수 있는 기술을 배우자. 그 기술로 전업주부이면서도 자신의 세계를 확실하게 갖고 있는 여자가 되자.

마침 당시 세 아이를 키우면서 직물 공예 일을 하는 이웃의 부인을 알게 되었다. 다락방에 차린 작업실에 찾아가 봤더니 선반에 색색의 털실이 놓여 있고 실을 염색하는 염료의 묘한 냄새가 났다. 그녀는 작은 직조기 앞에 앉아 달칵달칵 머플러를 짜며 아래층에 있는 아이들을 야단쳤다. 아아, 이게 바로 내가 원하던 생활이다. 이런 인생이 내 이상이었다. 나는 직감으로 깨달았다.

"그럴 거면 4년제 대학 따위 갈 것 없이 처음부터 미술이나 공예 전문학교 같은 곳에 진학하지 그랬니."

느닷없이 직물 공예를 시작하겠다는 딸에게 부모님은 어이없다는 표정을 지었다.

"고등학교 때는 내가 뭘 하고 싶었는지 몰랐는걸. 이제야 겨우 안 거야."

나는 난생처음 내 힘으로 인생을 개척하려 한다는 느낌이 들어 흥분했다. 그때까지는 늘 부모님이 권하는 길, 부모님이 반대하지 않는 안전한 길을 걸어왔다. "이런 거 해보고 싶어" 하고 말을 꺼냈다가도 "너한테는 무리일 텐데" 하고 반대하면 즉각 발언을 철회하고 꼬리를 말고 후퇴했다.

"무리 아냐. 어디 두고 봐!"라고 잘라 말할 자신도, 용기도 없었다.

한편 두 살 위인 오빠는 어렸을 때부터 성적이 우수했고 성격은 온후했다. 몸이 약해 병치레가 잦기는 했지만 독서를 좋아했고 늘 향학열에 불타고 있었다. 그런 실적이 있기에 영

어 회화며 외국 유학 등 하고 싶다고 말만 하면 바로 허락을 받았고, 본인도 착실하게 노력했다. 동생인 나는 건강했지만 근성과 집중력이 부족했고, 독서는 질색인 데다 상식에 어두웠다. 우리 집에서는 '오빠는 우수, 동생은 안 되는 애'라는 암묵적인 꼬리표가 붙고 말았다.

부모님은 언젠가 시집갈 테니까 전문 지식은 습득하지 않아도 되겠지 하고 나에 대해 반쯤은 포기하는 분위기였다. 하지만 당사자 입장에서는 시집을 갈 때 가더라도 '안 되는 애'라는 콤플렉스가 마음에 깊은 상처로 남아 있었다.

"어차피 난 오빠랑 달라서 바보네요!"

당시는 무슨 일만 있으면 그렇게 울부짖고 비뚤어져 있었던 것 같다. 있는 대로 비뚤어지던 끝에 찾아낸 직물 공예의 길이었다. 드디어 나도 인정받을 수 있다. 그런 생각으로 직물 공예에 매진할 생각이었건만 결국 또 좌절했다.

당초 나는 결혼 상대를 찾는 것과 직물 공예를 배우는 것을 병행해서 이뤄낼 계획이었다. 직물 공예를 하는 건 어디까지나 결혼이 전제다. 관대한 남편 밑에서 육아에 힘쓰는 한편 즐겁게 작품을 만들며 소소한 수입을 얻는다. 그게 내 이상적인 미래상이었다.

그러나 세상은 만만하지 않았다. 나이만큼 맞선을 보고 또 봐도 영 짝이 찾아지지 않았다. 직물 공예도 본격적으로 발을 들여놓으면 놓을수록 쉽지 않은 세계라는 걸 실감했다. 그 사이 친구들은 잇따라 결혼하거나 직업과 관련해서 기반을 착착 다져갔다. 혼자 뒤처진 나로 말하자면, 맞선과 직물 공예를 하는 틈틈이 용돈과 재료비를 벌기 위해 온갖 아르바이트를 했다. 중학생 과외, 스포츠 용품점 직원, 신용금고 광고물 배달, 백화점 포장, 학원 강사 등등. 서른 살이 다 되도록 여전히 부모님 밑에서 확고한 지표가 없는 생활을 계속하고 있었다.

"대체 어떻게 할 생각이냐? 결혼할 마음이 있는 거냐, 없는 거냐? 직물 공예는 언제까지 계속할 거지?"

아버지의 잔소리에 더욱 괴로워졌다. 역시 나는 뭘 해도 어중간한, 안 되는 인간이다. 스스로 정한 길조차 제대로 걷지 못한다. 뭘 해도 결과를 내놓지 못한다. 누구라도 좋으니까 그냥 결혼할까. 그런 식으로 비극의 주인공인 척하던 이십 대의 마지막 해 가을에 갑자기 방송국 일이 들어왔다.

'일단 멈춤'의 소중함

『지쿠시 데쓰야* NEWS23』을 그만둔 건 서른여덟 살 된 해 가을이었다. 그 전의 『정보데스크 TODAY』부터 계산하면 팔 년간 심야 뉴스 프로그램에 출연한 셈이다.

이렇게 오래 일할 줄은 나도 몰랐다. 어쨌거나 처음에는 아무것도 모르는 문외한이었으니 말이다. 아나운서가 되기 위해 공부를 하거나 기자로서 수련을 쌓은 적도 없었다. 하물며 뉴스 프로그램에 관심이 있었던 것도 아니다. 우연한 기회에 방송국 분의 눈에 띄어 '어시스턴트로 일해보지 않겠나?' 하고 의뢰를 받았다.

• 筑紫哲也. 언론인이자 저널리스트, 뉴스 앵커. 〈아사히 저널〉의 편집장(1984~1987), TBS『지쿠시 데쓰야 NEWS23』의 메인 뉴스 앵커(1989~2007)로 활동했다.

"저같이 세상 물정 모르는 사람이 대체 뭘 하면 좋을까요?"

"그냥 앉아만 있으면 됩니다."

내 물음에 프로듀서가 그렇게 대답했던 기억이 있다. 불만은 전혀 없었다. 오히려 안심했다. 할 수 있는 게 아무것도 없는데 어려운 역할을 맡기면 곤란하다. 애초에 이 일을 계기로 텔레비전 업계에서 살아가겠다는 야심도 없었다. 내 목표는 어디까지나 전업주부가 되는 것이었던 터라 그저 단기적인 사회 경험 정도로만 생각했다.

제작 측도 내게 그렇게 큰 기대는 하지 않았다고 생각한다. 그 당시는 아직 여성 캐스터라는 직업이 인지되기 전이었다.

새로운 뉴스 프로그램을 만드는데 베테랑 남성 캐스터와 남성 아나운서만으로는 심심하다. 그럼 그 사이에 여자 한 명을 갖다 놓아볼까. 그저 그 정도의 의도로 나를 채용했던 것 같다.

실제로 프로그램이 시작되면 처음에 "안녕하세요" 하고 인사하고, 중간에 "이어서 광고가 나갑니다"라고 몇 번 말하고, 마지막으로 "그럼 내일 다시 뵙겠습니다. 안녕히 주무세요" 하고 말하면 끝이었다. 그게 내게 주어진 일의 전부였다.

그래도 일은 점차 늘어갔다. 짧은 뉴스를 읽거나 거리 인터뷰를 진행했다. 일기예보를 담당하기도 했다. 하지만 뭘 해도 서툴러서 맨날 혼만 났다. 저 재주 없는 아가와를 프로그램에 활용할 방법은 없으려나. 기획회의 의제로 몇 번을 등장했는지 모른다.

"계속 쓸모가 없어서 죄송합니다."

머리를 꾸벅꾸벅 숙여 사과하고 실수할 때마다 호통을 듣고 울기를 반복하면서도 용케 잘리지 않았다 싶은데, 어느새 육 년이 지나 첫 프로그램은 종료하고, 이어서 『NEWS23』에서 지쿠시 씨의 어시스턴트로 일하게 됐다.

그 무렵부터 세상이 급격히 소란스러워졌다. 톈안먼 사건, 베를린 장벽 붕괴, 소비에트연방 소멸. 엄청난 사건들이 속속 일어났다. 그에 대한 소식을 신속하게 전달하려고 각 방송국 뉴스 프로그램들이 난리가 났다. 나도 덩달아 난리가 났다. 시간에 쫓기며 벼락치기로 지식을 머릿속에 쑤셔 넣고는 아는 척하며 카메라 앞에 앉았다. 하지만 뭘 알고 뭘 모르는지 그것조차 알 수 없었다. 도저히 따라갈 수 없었다. 태풍이 휘몰아치는 듯한 나날에 충실감보다 불안이 서서히 더해갔다.

애초에 나는 뭘 하고 싶은 건가? 저널리스트가 되고 싶었나? 아니, 그런 생각은 없었다. 그럼 어떤 식으로 살고 싶은 걸까?

여기서 잠깐 쉬자. 한 번뿐인 인생인데 가끔은 멈춰 서서 차분히 생각해볼 필요가 있지 않을까.

그렇게 결심하고 상사에게 말했다.

"그만두겠습니다."

바로 혼났다.

"뭐가 불만인데? 그만둬서 어쩌려고?"

또 다른 상사는 이렇게 말씀하셨다.

"자네는 처음엔 부모 후광으로, 그리고 지금은 방송의 후광으로 이런저런 일이 들어오는 거라고. 그걸 스스로 포기하면 일거리가 아마 반으로 줄어들걸."

아닌 게 아니라 나는 방송 출연을 계기로 원고 집필이며 인터뷰 일을 하게 되었다. 후광에 힘입어 의뢰를 받는지도 모른다. 하지만 그런 후광을 포기했을 때 하나라도 남는 게 있다면, 그건 후광이 아니라 나 지체를 평가해주는 일일 게 틀림없다. 그 마지막 하나가 무엇일지 두고 보는 것도 재미있지 않을까. 혹시 아무것도 남지 않는다면 그건 내 능력이 부족하다는 증거일 것이다. 그때는 그때대로 다시 옛날로 돌아가면 그만이다. 아르바이트든 뭐든 찾아서 원점에서 시작하면 된다. 그렇게 생각했다.

그러자 다른 상사가 "인생을 완전히 뒤집어엎는 건 열아홉, 스무 살에나 하는 일이야. 자네 나이 때는 누구나 미세 조정이나 하면서 살아가고 있다고" 하고 설득했다. 하지만 나는 원래 남보다 십 년 늦게 사회생활을 시작했으니 이제 와서 일이 년쯤 늦는다고 해서 큰 차이 없다. 평범한 결혼 계획은 이미 큰 폭으로 궤도가 틀어진 지 오래다. 오히려 결혼하지 않은 덕에 몸이 자유롭다. 발목을 붙들 남편도, 아이도 없다. 부모님은 다행히 건강하시고, 모아놓은 돈도 약간 있다. 아무에게도 폐를 끼치지 않고 원하는 일을 할 수 있는 지금이 바로 인생을 뒤집어엎을 최적의 기회 아닐까.

그러다가 생각났다. 얼마 동안 외국에서 살아보는 건 어떨까. 여행자로서가 아니라 현지에서 생활하며 지금과 다른 풍경과 공기 속에서 다른 가치관을 가진 사람들을 만나고 나자신을 돌아보고 싶다.

이렇게 해서 내 미국 생활이 시작됐다. 쉬는 게 목적이니학교에 들어가지도 않았고, 워싱턴 DC 스미스소니언 박물관에서 자원봉사자로 쉬엄쉬엄 일하며 일 년 동안 느긋이 지내

다가 돌아왔다.

그런 안이한 외국 생활이었으니 남에게 자랑할 만한 수확은 아무것도 없었다. 영어는 전혀 늘지 않았거니와 자원봉사 활동으로 뭔가를 이룬 것도 아니다. 그래도 그 일 년은 내게 커다란 전기(轉機)가 되었다.

스미스소니언 미국역사박물관 벽에 큼직하게 새겨져 있는 말이 있다.

'누구에게나 사회와 관계할 능력과 권리가 있다.'

그 말을 볼 때마다 용기를 얻었다. 무슨 일을 해도 별 볼 일이 없는 나는 '안 되는 인간'이 아닐까 싶어 우울해질 때마다, 나 같은 사람도 필요로 할 곳이 꼭 있을 것이라고 다시 생각할 수 있었다.

그리고 자신을 소중히 여기며 살아가는 사람들을 보면서 확신을 얻었다. 나이 따위 아무래도 상관없다. 빠르게 변하는 정보와 시대의 흐름에 휩쓸리지 말고 내 페이스를 소중히 여기자. 일본에서는 '기껏 얻은 지위를 버리다니 아깝다'라느니 '대담하다'라며 다들 놀랐지만, 미국에서는 아무도 그런 말을 하지 않았다. 자신의 시간은 자기가 관리해서 살아가는 게 중요하다고, 내 일 년간의 휴식을 당연한 일로 높이 평가해주었다.

그런 사고방식은 지금도 잊지 않으려고 노력한다. 바쁜 생활 탓에 혼란스러워질 때면 그때를 떠올린다. 가야 할 길을 알 수 없어졌을 때 이렇게 자문하는 것이다.

나에게 진짜 소중한 건 뭐지? 주위랑 비교하느라 초조해할 필요 없어. 모르면 차분히 생각하면 돼. 인생이 조금쯤 늦어져도 전혀 문제없었잖아.

목표를 찾지 못하고 콤플렉스에 사로잡혀 있던 이십 대, 겨우 자립해서 결혼 강박에서 서서히 해방됐던 삼십 대. 그리고 사십 대에 들어와 내 인생, 이제부터가 기대된다 하는 기분이다.

장래의 꿈은 뭐냐는 질문을 받을 때가 있는데, 꿈을 꼭 집어 말할 수 있을 만큼 내가 앞으로 어떻게 될지, 뭘 잘하는지 아직은 확실히 모르겠다. 자신이 없는 것이다. 하지만 정말로 길을 잃으면 다시 멈춰 서고 싶다. 일단 멈춰서 내 속도와 방향을 확인하고 나서 다시 나아가는 것. 그게 내 꿈일지도 모르겠다.

귀 파기 마니아

일하다 잠시 쉴 때, 생각을 할 때, 또는 아무것도 생각하고 싶지 않을 때 무의식중에 귀이개에 손이 간다. 얼마 동안 귀지를 파내다가 '이젠 더 안 나오겠네' 싶으면 일어선다. 하는 수 없으니 원고라도 써볼까. 귀 파기는 '일하기 엔진'에 발동을 걸어주는 역할도 한다.

하지만 진짜 즐거움은 남의 귀를 파줄 때다. 우리 가족은 내 이 기이한 버릇 때문에 피해가 이만저만이 아니었다고 증언한다. 내 딴에는 친절을 베푼다고 한 일인데, 당하는 쪽은 꼭 행복하지는 않았던 모양이다.

가장 순순히 응했던 건 막내 남동생이다. 역시 조기교육이 중요하다. "자, 귀를 팔 시간이에요"라고 하면 아직 어렸던 동생은 기쁜 표정으로 달려와 내 무릎을 베고 누웠다. 동생의 조그만 귓불을 잡고 툇마루에서 햇빛이 귓속까지 비쳐 드는 각도를 찾아 태세를 갖춘 다음 귀이개를 살며시 넣었다.

그러나 동생 귀를 너무 자주 판 탓에 결국 이비인후과 의사 선생님에게 귀 파기를 금지당했다. "귀를 너무 자주 파면 안 됩니다." 그렇게 해서 낙을 빼앗겼다.

귀이개에도 여러 가지 종류가 있다. 제일 좋아했던 건 플라스틱으로 된 검은 귀이개였다. 유연성이 뛰어나고 스푼 부분이 딱 적당한 크기에 둥근 데다 얇다. 귀 파기 전문가로서 단언컨대 이 스푼 끝의 두께가 매우 중요하다. 대나무 귀이개도 꽤 많이 썼지만 이쪽은 스푼이 얇지 않다.

애용하던 검은 귀이개는 이제 없다. 어느새 없어져버렸다. 소중한 것일수록 잘 없어진다. 요새 즐겨 쓰는 건 뉴욕 차이나타운에서 발견한 귀이개다.

여행을 갔는데 귀이개를 빠뜨리고 못 챙겼다. 그걸 깨닫자마자 귀가 간지러워졌다. 하지만 서양 사람은 귀이개라는 도구를 모른다. 귀는 면봉으로 판다고 믿고 있다. 그러다가 문득 깨달았다. 그래, 차이나타운에 가면 팔지도 모른다.

잡화점의 중국인 할아버지에게 "이어 픽?" 하고 물었더니

자, 귀를 팔 시간이에요

고개를 흔들었다. 그래서 귀를 파는 시늉을 해 보였더니 갑자기 얼굴에 웃음이 피면서 지저분한 유리 진열장에서 귀이개를 한 뭉치 꺼내주었다. 긴 것, 짧은 것, 다양한 귀이개 중에서 한참 음미한 끝에 두 개를 골랐다.

원래는 금 귀이개가 가장 피부에 자극이 없어 좋다는 이야기를 들은 적이 있는데, 내 건 색깔만 금색이고 금은 아니다. 놋쇠다. 약간 딱딱한 게 난점이지만 스푼 형태가 훌륭하다.

이제 순순히 귀를 내놓는 사람만 곁에 있으면 더없이 행복할 것 같다.

이상적인 남자의 조건으로 '귀 파줘도 싫어하지 않는 것'을 추가하고 싶다.

불안정이 좋다

나는 기본적으로 날품팔이다. 그때그때 들어오는 일을 그때그때 맡아 한다. 프리랜서라고 하면 듣기에는 그럴싸하지만 요는 부평초 직업이다.

물론 개중에는 오래 지속되는 일도 있다. 지금 하고 있는 주간지의 인터뷰는 올해로 연재 육 년째에 들어섰고, 예전에는 텔레비전 뉴스 프로그램에 합해서 십 년쯤 출연했다. 하지만 모두 언제까지 계속할 수 있을지 보장이 없다. 어느 날 갑자기 상사가 불러 "말하기 좀 그런데 ……"라며 쓴웃음을 지으면 대개 그걸로 끝이다.

지금까지 어색한 기분을 여러 번 맛봤다. 하지만 듣는 나보다 그 말을 해야 하는 쪽이 더 입장이 껄끄럽겠다는 생각에

"그동안 고마웠습니다" 하고 명랑하게 대답하고 나온다. 충격은 그 뒤에 찾아온다.

노력이 부족했나. 능력이 없나. 낙심할 이유는 이것저것 잔뜩 떠오른다. 하지만 잠시 반성하고 하소연을 잔뜩 하고 난 다음에는 되도록 오래 끌지 않는다. 그 일이 없어진 만큼 새 일을 만날 가능성이 열렸기 때문이다. 장기적인 안정은 바랄 수 없지만 일 년 내내 신선한 발견과 만남이 있다는 게 날품팔이의 좋은 점이다.

"신은 문 하나를 닫으실 때 또 다른 창문을 열어주신다."

영화 『사운드 오브 뮤직』에 나오는 대사다. 별반 신앙심이 있는 건 아니지만 일 하나가 끝날 때마다 이 말을 생각한다.

'누구에게나 사회와 관계할 능력과 권리가 있다'라는 말도 마음에 든다. 스미스소니언 미국역사박물관 벽에 새겨져 있는 문장이다. 자기혐오에 빠졌을 때 이 말을 떠올리면 기운이 난다.

어쨌거나 이런 사정인지라 어떤 일을 하든 대충 할 수 없다. 일단 맡고 나면 승부를 걸고 열심히 할 수밖에 없다. 승부

텔레비전 캐스터

메세이 작가

인터뷰 진행자

까지는 다소 과장이라 쳐도, 나중에 후회하는 일이 절대로 없도록 오늘 하루, 혹은 이번 일에 최선을 다하자, 재미있게 하자 하는 생각이 든다.

하기야 내 경우 뭐든 '재미있겠다'고 생각하는 나쁜 버릇이 있다. 가령 들어온 일이 미지의 영역이라 해도, 또는 좀 어려울 것 같아도 "아가와 씨가 꼭 해주셨으면 합니다" 하고 추어올리면 나도 모르게 마음이 동한다.

그 때문에 나도 내 직업이 뭔지 잘 알 수 없는 지경이다. 직함이 뭐냐는 질문을 받는 게 가장 고역이다. 텔레비전 캐스터, 에세이 작가, 인터뷰 진행자. 이런저런 직함을 대왔다. 늘 유동적이다.

결국 넌 아무것도 아니지 않으냐고 하면, 그 말씀이 맞다. 나도 어엿한 직함 하나 가져보고 싶다. 하지만 그렇게 바라는 반면, 내 현재 상황에 만족하는 감도 있다. 내게 일이란 타인에게 내 직함을 밝히기 위한 것이 아니기 때문이다. 그 일을 통해, 그 일로 만난 사람들을 통해, 내 좋지 않은 부분도 그나마 좀 나은 부분도 더 많이 알 수 있다. 그게 재미있어서 그만두지 못하겠다.

못 먹은 전골에 남은 미련

잠지 취재차 대만에 간 적이 있다. 중국 음식이라면 사족을 못 쓰는 나는 4박 5일 취재를 덥석 수락했다. 음식을 중심으로 한 취재였으니 생각하고 말 것도 없었다.

출발하는 날, 아직 해도 뜨기 전에 집을 나섰다. 나리타 공항으로 가는 내내 동행인 요리 연구가로부터 대만의 맛있는 음식 정보를 이것저것 주워들으며, 기내식은 먹지 말고 배를 비워놓자고 함께 다짐했다. 그야말로 빨간 두건을 눈앞에 둔 늑대 같은 심경이었다. 입맛을 다시며 공항 체크인 카운터 앞에 도착해서 히죽대며 여권과 항공권을 내밀었다.

그런데 "저, 손님" 하고 대만 취재팀 일행 중에서 나만 호출당했다.

"네?"

기분 좋은 상태인 나는 온화하게 대답했다.

"죄송합니다만 이 여권으로는 출국하실 수 없습니다."

"뭐라고요?"

당시 얼마 전부터 비자를 받지 않아도 대만에 갈 수 있었다. 하지만 비자가 필요 없는 대신 여권의 유효 기간이 반년 이상 남아 있어야 한다는 모양이다. 그런데 내 여권은 유효 기간이 5개월 남아 있었다. 한 달 모자란다는 것이다.

그런 이야기 지금 처음 들었는데. 아무도 안 가르쳐주던데. 나리타까지 왔는데 이제 알려주면 어쩌라고.

내 위장은 대만 음식을 잔뜩 받아들이기 위해 벌써 만반의 준비를 하고 있었다. 이제 조금 있으면 먹을 수 있다! 하는 단계에 와서 "못 갑니다"라니. 하지만 아무리 화를 내고 펄펄 뛰어도, 눈앞의 공항 카운터 직원이 "죄송합니다" 하고 사과해도, 사실 그 사람 잘못이 아니다. 몰랐던 내 책임이다. 울상이 돼서 "어떻게 해야 되나요?"라고 묻자 "여권을 갱신하거나 비자를 받거나 둘 중 하나입니다"라는 대답이 돌아왔다.

그때부터 갑자기 바빠졌다. 일단 다른 스태프들을 슬픈 눈초리로 배웅한 뒤 슈트케이스를 데굴데굴 굴려 혼자 쓸쓸하

게 도쿄로 돌아왔다. 여행을 기획한 편집부 분과 만나 아토
(亞東)관계협회로 가서 초특급으로 비자를 받고 곧바로 하네
다 공항으로 갔다.

빈자리가 나기를 기다린 끝에 이럭저럭 중화항공 티켓을
입수해 다른 사람들보다 일곱 시간 늦게 무사히 타이베이에
도착할 수 있었다. 그러나 그때는 이미 나를 빼고 취재를 시
작한 다음이었다. 뒤늦게 도착한 나를 보고 "아, 참 다행이네
요" 하고 위로해주면서도 다들 어째서 그렇게 행복한 표정이
란 말인가.

"방금 대만 전골 요리 취재를 끝내고 왔거든요? 정말 맛있
었어요!"

아아, 아쉬워라.

그때부터 나흘간 예상을 훨씬 뛰어넘게 맛있는 음식을 먹
으며 다른 사람들의 행복을 따라잡을 수 있었지만, 그래도 어
쩐지 찜찜하고 아쉬웠다. 혹시 그 전골이 제일 맛있었던 게
아닐까 싶어서.

대접이 서툴러

언제부터 이렇게 파티가 싫어졌는지 나도 잘 모르겠다. 출판 기념 파티, 누구누구를 격려하는 모임, 환송연 같은 규모가 큰 것은 물론 어느 집에 모이는 홈파티에 이르기까지 초대를 받을 때마다 마음이 무겁다. 그런 소리를 하면 초대해주신 분께 결례이고, 이제 두 번 다시 초대해주나 봐라 하고 분개하실지도 모른다. 실제로 내가 하도 출석률이 낮은 데다 초대장을 받아도 우물쭈물 고민하느라 답장을 보내지 않는 탓에 요새는 초대를 받는 일이 확 줄었다.

다른 사람을 만나고 싶지 않은 건 결코 아니다. 그런 개인주의를 관철할 만큼 의지가 강하지 않거니와, 무엇보다 나는 본질적으로 외로움을 많이 타는 사람이다. 술을 좋아하고 먹는 건 더 좋아하고 게다가 근본적으로 분위기에 잘 휩쓸리는 타입이니, 반가운 분들을 만나면 꺄꺄 기뻐하며 혼자 수다를 왕창 떨 게 틀림없다.

지금 생각났는데 이게 싫은 것이다. 사람이 적으면 혹시 실언을 해도 철회하거나 얼버무릴 기회가 있으니 그나마 낫지만, 큰 파티에서는 대체로 다른 사람과 차분히 대화를 나눌 겨를이 없다. 상대방과 이야기의 톱니가 맞아들기도 전에 다른 아는 사람과 눈이 마주쳐 "어머, 당신도 왔어? 오랜만이야!" 하게 된다. 그럼 대화는 중단되고 지금까지 이야기하던 상대방은 어느새 사람들 틈으로 모습을 감춘다. 새로운 상대방도 마찬가지다. 음식을 담은 접시와 음료수 잔을 위태롭게 든 채 어깨에서 자꾸만 흘러내리는 핸드백을 의식하며 그럭저럭 대화를 시작해도, 그러다가 또 아는 사람이 지나가면 "아, 안녕하세요" "어머, 오랜만이에요" 하고 인사하기 바빠 좌우지간 어수선하기 그지없다.

그러니 파티장에서 나온 다음이면 늘 자기혐오에 빠진다. 아아, 그 사람한테 실례되는 말을 한 걸까. 그러고 보니 그분에게는 인사를 제대로 못 드렸네. 하여간 찜찜한 일투성이다.

초대받는 게 고역인지라 초대하는 재주는 훨씬 더 없다. 집에 손님을 초대하는 데 익숙한 사람들과는 달리 나는 일 년에 몇 번 스스로를 질타해서 마음을 굳게 먹고 파티를 열려고 하니 난리도 그런 난리가 없다. 다음엔 맥에서 모이죠, 라고 누가 제안하면 가볍게 "좋아요" 하고 승낙한 것까지는 좋은데, 먼저 청소부터 해야 한다. 나 혼자 사는 데다 평소 손님이 오는 걸 되도록 피하다 보니 똑바로 걸어가는 것조차 여의치 않은 상태다. 그런 지저분한 집을 친구에게 보일 수는 없다며 연말에도 이렇게 깨끗하지는 않겠다 싶을 만큼 깨끗이 쓸고 닦는다.

이어서 메뉴를 생각한다. 내가 먹고 싶은 걸 중심으로. 그러면서도 되도록 저렴하고 수고스럽지 않고 맛있으며 모두가 좋아하며 칭찬해줄 메뉴가 좋겠다. 이런 식으로 욕심을 부리다 보니 이삼일 고민하다가 겨우 결정한다.

그다음에는 장을 봐야 한다. 부족하면 곤란하지만 남아도 문제다. 마실 건 누가 가져올 테니까 이 정도만 할까. 아니, 역시 하나 더 사자. 슈퍼 장바구니 속을 노려보며 넣었다가 뺐다가를 반복한다. 인생을 살면서 나 자신의 노랑이 근성과 우유부단함을 절감하는 게 이런 순간이다.

그리고 당일이 된다. 아침부터 부엌에서 식재료들과 씨름

하고 시곗바늘을 노려보며 이리 뛰고 저리 뛴다. 슬슬 손님이 올 시간이 되면 평소의 고무줄 바지에 티셔츠 차림보다는 좀 더 나은 옷으로 갈아입고 집에서는 할 일이 없는 화장까지 해야 한다.

그런 식이다 보니 현관 초인종이 울려 드디어 손님을 맞이할 때가 되면 지칠 대로 지쳐 허탈 상태에 빠져 있다. 그러니 세심한 손님 대접이 가능할 리 없는 데다, 손님이 하자를 발견할까 봐 신경이 곤두서 당연히 대화는 건성이다.

예전 미국에 살 때 종종 홈파티에 초대받았다. 미국 사람들은 어째서 이렇게 초대하고 초대받는 걸 좋아하는 걸까 원망스럽게 생각하며 어렵게 가면, 나처럼 이리 뛰고 저리 뛰는 모습은 전혀 찾아볼 수 없다. 오히려 여유만만하게 주인도 손님들 틈에 섞여 느긋이 대화를 즐기고 있다. 대화를 전개하는 방식부터 초면인 사람들을 소개하는 방식에 이르기까지 참 완벽하다. 다만 음식은 그렇게 대단하게 차리지 않는다. 가끔은 스낵 정도만 준비하는 경우도 있다.

한번은 내가 초대할 순서가 돼서 그때도 또 허둥대고 있으려니 한 미국인 친구가 위로해주었다.

"그렇게 애쓸 거 없어. 모인 사람들의 대화가 제일 훌륭한
대접이니까."

　손님을 대접하는 방식은 나라마다 사람마다 각기 다양하
다. 하지만 어쨌거나 대접하는 사람의 평소 마음가짐과 마음
의 여유를 여실히 드러낸다는 건 틀림없을 것 같다.

그래 맞아 오오

문화센터 글쓰기 교실이라는 곳에 게스트로 초청받았다. 와서 두 시간쯤 이야기해 달라고 했다.

"그런 소리 마세요. 글 잘 쓰고 싶다는 사람들한테 제가 무슨 도움이 될 이야기를 할 수 있다고."

"어떤 얘기든 상관없으니까 어렵게 생각하지 말고 그냥 편하게 와요."

의뢰한 사람은 글쓰기 교실 강사를 맡고 있는 친구 작가였다. 평소 여러모로 신세를 지고 있는 사람이다 보니 무턱대고 거절할 수도 없다. 게다가 그런 교실에서 친구가 어떤 걸 가르치는지 흥미도 생기는 바람에 그만 수락하고 말았다.

"그럼 먼저 제출하신 작문 강평(講評)부터 시작할까요? 아가와 씨, 읽어보니 어떠셨죠?"

시작하자마자 내게 말을 시킨다. 전혀 편한 자리가 아니잖아. 친구를 흘겨보며 허둥지둥 할 말을 찾았다. 아닌 게 아니라 며칠 전에 한번 훑어봐 달라며 작문이 우편으로 배달됐다. 600자 길이의 짧은 에세이가 스무 편쯤 있었다. 읽기 시작했나 싶으면 순식간에 끝나는 짧은 길이였다. 그 까다로운 제한 조건 아래 각자 노력한 흔적이 엿보였다.

"아, 네, 저, 다들 참 잘 쓰셨다 싶어서 감탄을 …….."

수강생들은 나를 뚫어지게 쳐다보며 무슨 말을 할지 꼼짝 않고 기다리고 있다. 어쨌거나 다들 수강료를 내고 여기 와 있으니 구체적인 감상과 평가를 기대할 게 틀림없다.

"음, 그게 그러니까, 짧은 글이란 게 오히려 쉽지 않아서 말이죠 …… 안 그런가요?"

친구 강사에게 도움을 청했다.

"정말 그렇죠. 도대체가 여러분, 다들 너무 서론이 길어요. 끝까지 쓰고 나서 앞 반토막을 싹둑 잘라내면 딱 적당하겠다 싶은 경우가 많거든요."

그래, 바로 그거다. 나도 그런 말을 하고 싶었다. 도움이 되는 의견을 말하다니 과연 강사답다.

음...그게 그러니까...

"그리고 늘 말씀드리는 거지만, 쓰기 전에 일단 설계도를 작성하는 게 중요하답니다."

움찔했다. 나는 치밀한 설계도 같은 걸 그려본 적이 없는데. 기억이 나지 않는 걸 보니 아마 없을 것이다.

"설계도는 역시 필요한가요?"

"그야 머릿속으로 어느 정도 구상해놓고 쓰기 시작하는 게 낫지 않아요?"

"그렇지만 전 설계도를 그리려고 눈 감고 생각하다 보면 금방 잠이 드는걸요. 그래서 아무것도 생각하지 않고 일단 첫 줄을 써놓고, 그러고 나서 생각하는데요."

웃으면서 이야기했더니 친구 강사는 "그래요?" 하고 끝. 수강생들은 어리둥절한 표정이었다. "뭐, 그런 방법도 있겠죠" 하고 가볍게 넘기는 바람에 갑자기 불안해졌다.

이어서 강사는 조언 하나를 덧붙였다.

"에세이는 전반에서 '그래, 맞아, 진짜 그런 거 있지' 하며 독자가 공감하고, 끝에 가서 '오오' 하고 감탄할 수 있게 화제를 풀어나갑니다."

"'그래 맞아 오오', 이게 하나의 요령이에요."

수강생들이 열심히 공책에 받아썼다. 나도 수첩에 적어놓았다. 지금 처음 알았다. 앞으로 참고해야지.

　글을 아무렇게나 쓰느냐는 혹시 모를 독자들의 비난에 변명을 하자면, 글 쓰는 노하우를 배우는 것도 분명히 중요하지만 거기에 얽매여 있으면 틀에 박힌 글만 쓰게 된다. 글은 그 사람 자체다. 좋은 글감을 발견했을 때 자기다움을 소중히 여기면서 손질하고 요리하는 것이 좋다.

　그렇게 잘난 척 의견을 내놓을 용기도 없으니, 남들에게는 도움이 못 되고 나 자신에게만 아주 도움이 된 문화센터 체험이었다.

참회 택시

술을 마시고 실수한 적이 있다. 아는 분에게 한턱먹었을 때
다. 장소는 초밥집이었다.

상대방은 음식을 많이 드시지 않는 분이었다. 안주를 두세
가지 주문하더니 그다음부터는 술만 홀짝홀짝 마셨다. 그러
면서 "자, 먹고 싶은 걸 마음껏 시켜요" 하고 권한들 용기가
나지 않는다. 아직 순진한 아가씨 시절이었으니 아무래도 조
심스럽다. "아니에요" 하고 모호하게 대답하며 그분에게 맞
춰 계속 술만 마셨다.

가게에서 나왔을 때는 멀쩡했다. "그럼 안녕히 가세요" 하
며 헤어져 혼자 역 계단을 올라가기 시작했을 때부터 슬슬
수상해졌다. 열차에 탔더니 불길한 예감이 더욱 강해졌다.

심호흡을 했다. 진땀이 났다. 눈을 꽉 감았다. 속이 더욱 울렁거렸다. 눈을 떴다. 주위를 둘러보자 승객들이 의심 어린 눈초리로 나를 훔쳐보는 게 느껴졌다. 그렇게 생각한 순간 웩하고 올라왔다. 큰일 났다. 손수건으로 입을 틀어막고 얼굴을 숙였다. 어째선지 주위에 공간이 생겼다. 다들 나를 피해 뒷걸음친 것이다. 당연하다.

열차 문이 열렸다. 좌우지간 일단 내리자. 내려서 바깥 공기를 마시자. 플랫폼의 음수대를 휘청휘청 찾아가 그 옆에 쭈그리고 앉았다.

찬물로 얼굴을 씻고 바람을 쐬다 보니 약간 나아졌다. …… 아마도. 괜찮은 것 같기에 다음 열차를 탔다. 그런데 타자마자 또 속이 울렁거렸다. 주변에 공간이 빠끔히 생겼다. 다음 역에서 또 내렸다.

그런 일을 몇 차례 반복한 끝에 간신히 시부야 역에 도착했는데, 더 이상 전철을 타고 갈 자신이 없었다. 웬 사치냐 싶었지만 어쩔 수 없으니 택시를 잡았다.

비장한 목소리로 조그맣게 "요코하마요"라고 말하고 그다음부터는 필사적으로 참았다. 그래도 몇 번은 올라왔다. 하지만 고속도로를 달리는 도중에 "세워주세요"라고 할 수는 없는 노릇이다. 창문을 열고 흩뿌릴 수도 없다. 아직 부끄러움 많은 아가씨 시절이었다.

하는 수 없이 내 핸드백 속에 얼굴을 처넣었다. 웩웩 올라 왔다. 핸드백이 점차 부풀었다. 택시 기사는 아무 말도 하지 않았다. 마지막까지 아무 말도 하지 않았다.

좌석은 더럽히지 않았다고 생각하지만 어두웠으니 알 수 없다. 차 안에서 냄새도 꽤 많이 났을 것이다. 내릴 때 모기만 한 소리로 "죄송합니다" 하고 사과했으나 대답은 없었다. 정말로 죄송하고 울고 싶을 만큼 슬펐지만, 울기보다 먼저 토할 것 같았다.

이제 과음은 절대로 하지 않겠다. 다시는 택시에 폐를 끼치지 않겠다. 이튿날 아침 속으로 되뇌며 욕실에서 더러워진 핸드백을 빨았다. 빨고 봤더니 아직 쓸 만하기에 그 뒤 얼마 동안 스스로에게 교훈을 주는 의미로 들고 다녔다.

그건 그냥 그럴싸하게 포장한 말이고, 실은 택시비를 내느라 워낙 출혈이 컸던 데나 근본이 수전노인 터라 새 핸드백을 살 마음이 나지 않았던 것이다.

그나저나 그 택시 기사는 아직도 나를 원망하고 있을까.

그때는 정말 죄송했습니다.

알 수 없어라, 요즘 멋진 남자 사정

직업상 최근 화제를 모으는 젊은 남성을 만날 기회가 비교적 많다. "좋겠다, 이런 염체" 하고 친구가 부러워하는데, 사실 나는 젊고 멋진 남자를 만나는 게 고역이다. 그런 남자를 보면 내 쪽의 결점, 오점, 단점이 더욱 강조되니 마음이 편치 않다.

질문을 하는 내 시선 끝에 나를 꼼짝 않고 응시하는 눈동자가 있기라도 하면 나도 모르게 손가락으로 눈꼬리의 주름을 펴고 싶어진다. 늘어진 볼살을 가다듬고 싶어진다. 가까이 보이는 저 눈동자 속에서 '아아, 여자는 나이를 먹으면 저렇게 되는구나' 하고 환멸을 느끼겠거니 생각하면 도저히 평정을 유지할 수 없다. 그렇기 때문에 만나고 나면 녹초가 된다.

도대체가 요새 젊은 남자들은 너무 예쁘다. 예전에는 만화에 나오는 미소년은 가공의 존재라고 믿었지만, 요즘은 만화 속 미소년을 똑 닮은 족속들이 텔레비전 속이며 거리를 실제로 다니고 있다. 그런 인간들은 하나같이 얼굴이 작고 갸름하며 다리는 길고 머릿결은 찰랑거린다. 이목구비가 단정하고 콧날이 반듯하며 눈빛은 신비롭고 피부는 반들거린다. 눈썹은 나보다 더 잘 다듬었다.

저렇게 예뻐도 되는 걸까. 거칠고 울뚝불뚝한 남자의 매력이라는 게 없어져도 괜찮은 건가.

"괜찮아." 친구인 얏코가 씩 웃었다.

"남자는 아름다운 게 제일이라고. 아름다우면 장땡이지."

얏코는 나와 마찬가지로 독신이고 나잇살 때문에 고민하는 점에서는 동류일 듯한데, 근본적으로 다른 게 남자 취향이다. 마흔을 이미 오래전에 넘겼는데도 "브래피(브래드 피트)님!" 하고 꺅꺅 비명을 지르고, "기무타쿠 귀여워"라며 눈을 깜박이며 소녀처럼 황홀한 표정을 짓는다.

"애, 너 주제를 좀 알아라. 그렇게 젊은 애들한테 열 올리다

니 너무 뻔뻔한 거 아냐? 어쨌거나 현실적이지 않아."

어이가 없어 비판하자 얏코는 "현실적이지 않아서 좋은 거야"라고 대답했다. 다시 말해 실제로 사귀고 싶은 타입과는 다르다는 뜻이다. 동경하는 젊은이들은 그저 아름답게 존재해주기만 하면 된다고 한다.

"오히려 자기를 좋게 생각해주길 바라는 아가와 네가 훨씬 뻔뻔한 거야."

그럼 꼭 애완동물 같지 않나. 인형이나 마찬가지 아닌가. '늠름하고 멋지다' 같은 건 바라지도 않고, '예쁘고 아름답다'면 좀 덜 믿음직스러워도, 다소 이기적이어도 상관없다는 모양이다.

"요새 아저씨들 기분을 알겠더라."

얏코가 말했다. "'여자는 역시 젊은 게 좋다'고 하잖아? 나도 고개를 크게 끄덕이면서 '맞아, 남자도 젊은 게 좋아'라고 대답하곤 해."

어쩌면 여자의 아저씨화(化) 현상이 여기까지 왔다는 뜻일지도 모르겠다. 좌우지간 난 이해가 안 된다. 전혀 모르겠다.

깨어나니 반짝 반들

태어나 처음으로 피부 관리를 체험했다. 지금까지 피부 관리가 붐이라는 이야기는 들어 알고 있었고 친구의 체험담을 안 들은 것도 아닌데, 용기가 좀처럼 나지 않았다.

피부 관리라고 하면 아무래도 부잣집 마담, 또는 결혼식을 앞둔 신부가 다니는 곳이라는 이미지가 있다. 그런 사치를 부릴 여유는 없다. 경제적인 여유도 그렇지만 일을 하다 보면 시간적으로나 정신적으로나 여유가 없어진다.

그것만이 아니다. 나는 원래 화장에 관심이 별로 없다. 직업상 아예 화장하지 않을 수는 없는 처지라 일할 때는 최소한의 화장품을 준비해서 가지만, 집에 있을 때는 물론이고 가까운 데 나갈 때나 친한 친구를 만날 때는 되도록 화장하지 않는다. 하고 싶지 않다. 물론 기초화장에 대해서도 마찬가지라 메이크업을 지울 때는 세안 크림 하나로 끝이다. 클렌징크림은 끈적거려서 귀찮다. 세수하고 나서 화장수를 바르는 것도 가끔 깜박할 정도다. "그럼 얼굴 땅길 텐데" 하고 친구가 어이없어하는데, 사실 피부가 땅긴다는 경험을 별로 해보지 못했다.

그런 이야기를 처음으로 피부 관리를 받을 때 담당자에게 했다.

"아아, 그건 말이죠, 아가와 씨가 건성 피부에 너무 익숙해지셔서 그런 걸지도 몰라요."

담당자는 주름 하나 없는 아름다운 얼굴로 웃으며 말했다. 다시 말해 나는 건조한 피부를 너무 오랫동안 방치한 탓에 건조하다는 게 어떤 상태인지도 모르게 됐다는 뜻인가 보다.

"피부가 산뜻한 게 좋으시죠? 하지만 이제 슬슬 관리를 시작해야지, 안 그러면 십 년 뒤에 차이가 나타날 거예요."

웃는 얼굴로 무서운 이야기를 한다. 나는 확실히 지금까지 '건성 피부'라는 말을 듣고 살아왔다. 일 때문에 전문 메이크업 아티스트를 만나면 꼭 "세상에, 왜 이렇게 버석버석해요?" 하고 지적을 받았다. 처음에는 일시적인 현상이겠지 하고 가볍게 생각했는데, 시간이 지나도 좋아졌다는 칭찬을 받지 못했다. 그뿐만 아니라 심하다 싶을 만큼 오래 자서 컨디션도 평소보다 좋고 내가 생각해도 피부도 좋다 싶은 날에도, 메이크업 담당자는 비참하기 그지없는 목소리로 "하도 건조해서 화장이 안 먹네요"라고 한탄했다.

나는 원래 피부 건강이란 바깥쪽이 아니라 안쪽에 기인한다고, 그러니까 스트레스를 없애고 위 건강을 유지하기만 하면 저절로 회복된다고 믿고 있었다. 주름이 많은 것도 유전 탓, 너무 많이 웃은 탓이라고 포기하고 있었다.

"아뇨, 포기하시면 안 돼요. 물론 유전이랑 골격의 영향도 없진 않지만, 관리를 받아서 주름이 그 이상 깊어지지 않게 하는 건 가능하답니다. 일단 시작해볼까요."

이 시점에서는 아직 반신반의였다. 그런가 하고 고개를 갸우뚱하며 방으로 들어갔다.

목욕 가운으로 갈아입고 의자에 앉으니 담당 관리사가 내 얼굴을 가까이서 들여다보며 말했다.

"약간 붉은 기운이 있네요."

"아까 여기 옆 스파에 갔다 왔거든요."

내가 체험한 피부 관리는 1박을 하면서 받는 형태였다. 숲으로 둘러싸인 호텔의 객실에서 전날 밤 수면을 충분히 취하고 아침에 스파에 갔다. 그다음은 수영장. 커다란 월풀 욕조. 실외 노천 욕탕. 습식 사우나에 건식 사우나. 월풀 욕조에서 분사되는 강력한 물줄기를 등에 받으며 유리 너머로 신록을 감상했다. 이 얼마나 호사스러운 체험인가. 도심 호텔이라는 것도 까맣게 잊고 꼭 먼 나라로 휴양 온 것처럼 느긋한 기분이 들었다. 이런 경험은 아무 때나 하는 게 아니라는 가난뱅이 근성이 발동하는 바람에 모든 시설을 빠짐없이 돌았더니 머리에 피가 쏠리고 말았다.

"그럼 오늘은 화이트닝 코스를 해볼까요."

관리사는 몸매는 가냘픈데 힘이 상당히 셌다. 내 목덜미에서 얼굴, 등까지 구석구석 빠짐없이 마사지를 해주는데 손가락 힘이 얼마나 세던지. "건초염 같은 건 안 생기시나요?" 하고 물었더니 "힘 주는 요령을 알기 때문에 괜찮아요"라고 웃으며 말했다.

이 베테랑 관리사는 뭔지 몰라도 좋은 향이 나는 미용액을 내 얼굴에 아낌없이 듬뿍 바르고 마법의 손가락으로 천천히, 꼼꼼하게 마사지했다. 눈을 감고 꽃내음 같은 향기만 맡고 있어도 아름다워질 것 같은 예감이 들었다.

피부 관리실에는 미용액 말고도 여러 비밀 병기가 있다. 가령 비닐봉지에 넣은 뜨거운 타월. 목 뒤에 대고 있으면 어깨 결린 게 풀린다. 그리고 이온 증기를 뿜는 스티머. 이걸 오 분만 얼굴에 대고 있으면 모공이 확실하게 넓어져서 미용액의 침투를 돕는다. 보습 장갑은 손에 마사지를 받은 다음 끼는데 따뜻하고 기분 좋다. 발에 끼는 장갑은 없느냐고 손님들이 자주 묻는다는데 애석하게도 없다고 한다.

무엇보다 압권은 팩이었다.

"아가와 씨는 눈가에 주름이 많으니까 눈꺼풀에도 팩을 할수 있는 시트형 콜라겐 팩을 쓸게요. 즉각적인 효과가 있어 '웨딩 팩'이라고 불린답니다."

오오, 이름 한번 근사하다.

얇은 종이를 얼굴에 대고 그 위로 미용액을 발랐다. 서서히 얼굴 전체에 스며들어 약간 따끔할 정도였다.

"괜찮아요. 지금 미용액이 빠른 속도로 침투하는 거랍니다."

팩이 끝나자 또 새로운 향기의 미용액으로 마사지를 해주었다. 얼마나 공을 들이는지, 결국 도합 열몇 종류의 미용액과 크림을 구사해서 구십 분 만에 전 과정을 마쳤다. 눈을 뜨

고 일어났다.

"어떠세요?"

이 죽었다 살아난 듯한 기분을 어떻게 설명하면 좋을까.

왕자님에게 입맞춤을 받고 깨어난 백설 공주의 심경이다.

거울에 비친 내 얼굴을 봤더니 반짝반짝 반질반질하다. 이게 건강한 피부라면 지금까지 내 피부는 대체 뭐였나.

"이런 건 역시 정기적으로 와야겠죠?"

"오시는 게 효과는 더 좋지만, 가령 일주일에 한 번 오시더라도 나머지 엿새 동안 손질을 철저하게 해주시지 않으면 의미가 없다는 게 문제예요."

나머지는 자기 노력 여하에 달려 있는 모양이다.

"특히 아가와 씨는 피부가 얇아서 손상을 입기 쉽거든요. 그러니까 함부로 다루지 마시고 꼬박꼬박 손질하셔야 해요."

상냥하면서도 임한 조언과 더불어 살롱에서 나왔다. 그 뒤 속세로 돌아와 친구를 만났다.

"세상에, 어떻게 된 거야? 피부가 맑고 하얗잖아. 칙칙한 게 없어졌어."

하도 놀라는 바람에 내가 더 놀랐다. 듣고 보니 어쩐지 길 가는 사람들이 다들 나를 보는 것 같다. 피부가 아름다우면 이렇게 자의식이 강해지는구나.

"좋아, 앞으로 잘 관리해야지."

윤기 흐르는 뺨을 손으로 가볍게 두드리며 맹세했으나, 이 신선한 결의를 과연 언제까지 유지할 수 있을지 ……. 그게 문제다.

멋진 여자가 되기 위한 여정

가죽옷을 멋지게 입는 사람은 독특한 매력이 있다. 섹시하다고 할지, 허무적이라고 할지. 파워와 불가사의한 매력이 뒤섞인 것 같은, 나도 모르게 빨려들 듯한 분위기가 감돈다.

가죽옷을 입으면 나도 저렇게 될 수 있을까. 가죽이 어울리는 여자가 돼보고 싶다는 게 오랫동안 간직해온 은밀한 소망이었다.

분명히 프랑스 영화의 영향일 것이다. 리노 벤추라*가 주머니에 손을 넣고 배를 살짝 내민 자세로 가죽점퍼를 멋들어지게 입고 있었다. 아니, 미국 영화에도 인상적인 장면이 있

---

* Lino Ventura. 이탈리아 출신의 프랑스 영화배우. 악당, 범죄자, 형사 등 암흑계와 관련된 캐릭터들을 도맡아 했다. 필름 누아르의 대표적인 배우로 불린다.

었다. 제임스 딘의 반항기 다분한 모습이 떠오른다. 나는 오래전부터 가죽옷을 입고 가죽옷이 어울리는 근사한 남자를 만난다는, 이룰 수 없는 꿈을 꾸고 있었다.

처음 가진 가죽 제품은 검은 스웨이드 자투리였다. 고등학생 때다. 당시 아오야마 거리에 면한 곳에 큰 가죽 제품 도매상 같은 곳이 있었는데, 가게 앞에 내놓은 왜건에 색색의 가죽 자투리가 아무렇게나 쌓여 있었다. 어둑어둑한 가게 안을 들여다보니 가죽 냄새가 코를 찔렀다. 눈이 어둠에 익숙해지자 가방이며 부츠, 재킷 같은 상품이 잔뜩 진열돼 있는 게 보였다. 하지만 그런 비싼 물건을 살 수 있는 신분이 아니다. 이 자투리로 뭔가 만들 수는 없을까?

왜건에 쌓인 무더기에서 50센티미터쯤 되는 약간 큰 스웨이드를 끄집어냈다. 이걸로 작은 주머니는 만들 수 있을 것이다. 네모나게 잘라 귀퉁이를 꿰매고 위에 지퍼를 달자. 남은 부분을 이어 끈을 만들면 어깨에 멜 수 있다.

두꺼운 가죽에 바늘을 꽂는 게 쉽지 않았다. 하지만 면을 꿰맬 때 느낌과는 명확히 달라서 사치스러운 기분이 들었다. 가죽에는 그런 신비스러운 힘이 깃들어 있는 것 같았다.

겨우 완성한 유치한 가방을 의기양양해서 여기저기 메고

다녔다. 교복을 벗고 휴일에 쇼핑 갈 때. 친구 집에 놀러 갈 때. 체크 미니스커트 위에 블레이저를 걸치고 하얀 긴 양말을 신어도 검은 스웨이드 가죽 가방 하나로 약간 어른이 된 기분이 들었다.

하지만 이내 그 가방으로는 만족할 수 없어졌다. 아마추어가 만든 가방은 결국 아마추어 냄새를 지울 수 없다. 더 본격적인 가죽 제품이 갖고 싶어졌다.

대학에 들어왔더니 갑자기 부츠가 유행하기 시작했다. 나도 신어보고 싶은데 용기가 나지 않았다. 이 짧고 굵은 다리에 어울리는 적당한 부츠가 과연 있을까. 주저하는데 친구가 낭보를 가져왔다.

"요쓰야에 작은 신발 가게가 있는데 부츠를 맞출 수 있다고 하거든. 그런데 그게 별로 안 비싸지 뭐야. 1만 5천 엔쯤이면 살 수 있대. 가보자."

1만 5천 엔도 당시의 내게는 큰돈이었다. 하지만 맞춤인데 그 가격이면 파격적으로 싼 값이라 할 수 있었다. 당장 아르바이트로 모은 돈을 탁탁 털어 달려갔다.

교차로에서 뒷길로 들어간 곳에 있는, 평범해 보이는 신발

가게였다. 유리문을 드르륵 열자 안쪽 다다미방에서 아저씨가 나타났다.

"저, 부츠를 맞출 수 있다고 들어서 왔는데요 ……."

아저씨는 대답도 변변히 하지 않고 목제 도구를 꺼내더니 내 발 사이즈를 꼼꼼히 쟀다. 폭, 길이, 허벅지 두께, 종아리 길이까지. 못생긴 다리라고 비웃지 않을까 싶어 부끄러웠지만, 드디어 그렇게 염원하던 부츠를 신게 되는 거라고 되뇌며 눈을 감고 참았다.

몇 주 뒤 부츠가 완성됐다는 연락을 받고 찾으러 갔다. 사이즈는 물론 딱 맞았다. 가죽 표면이 검게 반들거렸다. 검정이라는 색이 이렇게 숭엄해 보이는 건 처음이었다. 집에 가지고 와서 현관에 세워놓았더니 꼭 가죽의 여왕처럼 당당하고 늠름했다.

"부츠가 자리를 차지하는구나."

어머니가 어이없다는 듯 중얼거렸다. 확실히 저렇게 크면 신발장에 들어가지 못한다. 나는 검은 여왕을 되도록 구석에 놓아 가족들 눈에 거슬리지 않게 주의했다. 하지만 두세 번 신고 나자 여왕은 늠름하게 서 있지 못하게 됐다. 발목 부분이 부드러워져 옆으로 흐물흐물 쓰러지거나 아니면 옆 신발

가죽풀 장착

에 털퍼덕 기댔다.

"누나 부츠 걸리적거려."

"이 부츠는 뭐냐. 내 구두가 가려져서 안 보인다."

검은 여왕을 가족의 박해로부터 지키는 고난의 나날을 보내야 했다.

몇 년 전 터키의 쿠샤다시라는 항구 도시에 갔다. 항구 주변에 가죽 제품 상점이 빽빽이 들어서 있어 꼭 가죽 시장 같았다. 확고한 목적 없이 혼자 그곳을 어슬렁어슬렁 걷다가 문득 생각났다. 그래, 가죽점퍼를 입는 게 내 꿈이었는데. 얼마쯤 하려나 ……

마음속에 '관심'이 얼핏 생긴 순간 주위의 태도가 달라졌다. 그 전까지도 서툰 일본어며 영어로 "싸요" "어서 오세요" 하고 말을 걸던 가게 젊은이들이 별안간 적극적인 태도를 보이는 것이었다. 걸음을 멈추고 재킷을 하나 만져보자마자 대번에 점원 세 명에게 둘러싸였다.

"노, 노."

거절해보지만 효과는 없다. 어느새 나는 가게 안쪽으로 들어가 있었다.

"이 가죽은 질이 아주 좋아. 자, 만져봐."

"가짜 아냐. 라이터로 불을 붙여보면 알거든. 자, 봐."

"어디서 왔어? 예쁘네. 오, 재패니즈? 아름다운데."

입에 발린 말도 어김없이 넣어가며 자꾸자꾸 권한다. 정신을 차려보니 거울 앞에서 입어보고 있었다.

"진짜 멋지다. 잘 어울려. 딱 맞는걸."

"정말 예뻐. 아주 잘 어울려."

칭찬이 온 가게 안에 메아리쳤다. 아니, 이런 때일수록 신중해야지. 속으로는 자각하는데 몸이 말을 듣지 않았다. 어쨌거나 젊은 남자들에게 이렇게까지 관심을 받은 적이 없으니 말이다. 당연히 아무 뜻 없는 아부라는 걸 알아도 그래도 기쁜 건 기쁘다. 꼭 내가 갑자기 멋진 여자가 된 기분이 들었다.

"…… 얼마예요?"

이 한마디로 결판났다.

점원들 얼굴에 안도의 표정이 떠올랐다. 그리고 나는 최후의 저항을 시도하려고 흥정을 시작했다. 하지만 적은 프로다. 이래저래 설득하고 칭찬을 또 한참 늘어놓은 끝에, 결국 아주 조금 깎은 값으로 매매가 성립됐다. 카드를 내놓는 것으로 싸움은 끝났다.

그래도 내 기쁨의 여운은 남아 있었다. 드디어 손에 넣었다. 이 갈색 가죽점퍼를 입으면 분명 다들 칭찬해줄 것이다. 잘 어울린다, 아주 근사하다고.

그러나 일본으로 돌아와 그 뒤 겨울이 몇 번이나 돌아왔는데도 아직 아무에게도 그런 말을 듣지 못한 건 어떻게 된 일인가. 이해할 수 없다.

멋진 여자가 되기 위한 고난의 여정은 이렇게 끝이 없다. 다음에는 검은 가죽 재킷을 사볼까.

두 번째 이야기

늙어서 두근두근

백설 공주의 계모가 거울에게 물었다.

"거울아, 거울아, 세상에서 누가 제일 아름답지?"

그야 물론 왕비님이시죠, 하고 거울이 대답해줄 것이라고 오랜 세월 믿고 살아온 계모에게 어느 날 분노할 날이 찾아왔다.

"세상에서 제일 아름다운 분은 백설 공주님이십니다."

거울도 말을 좀 가려서 하면 좋았을 텐데 지혜가 부족했다. 아니나 다를까 왕비는 노발대발해서 백설 공주를 세상에서 없애버리겠다고 결심했다. 아아, 어쩌면 이렇게 잔인하고 질투심 강하고 추한 할망구가 있을까. 어렸을 때 이 이야기를 읽었을 때는 분명히 그렇게 생각했다. 그런데 요즘 들어 왕비

가 꼭 악당은 아니라는 생각이 든다. 왕비의 비애가 이해되는 나이가 된 것이다.

"이 자리에 젊은 여자도 있으면 좋을 텐데."

남자라는 인간들은 걸핏하면 그런 말을 한다.

"나 있잖아."

젊은 여자라고 하기는 좀 그렇지만 어쨌거나 여자다. 내가 있는데 불만이냐고 위압적으로 노려보면 상대방이 당황해서 "아, 아뇨, 그런 게 아니라" 하고 얼버무릴 때는 그나마 나았다. 이제는 꿈쩍도 하지 않고 "그야 젊은 게 장땡이잖아요" 하고 딱 부러지게 말한다.

남자들 마음을 모르지는 않지만 젊으면 그만이라는 단순

한 사고에 화가 난다. 그러나 실제로 눈앞에 젊은 여자가 오면 오싹하다. 피부가 다르다. 싱싱하다. 만지면 통통 소리가 날 것처럼 볼이 탱탱하고 하얗다. 저쪽에서 "안녕하세요" 하고 웃으며 인사하면 얼굴이 경직된다. 나도 같이 웃지만 이쪽은 통통 소리가 안 난다. 쭈글쭈글하게 쪼그라들 뿐이다.

"아아, 졌다."

이렇게 젊음을 질투하며 화내고 기죽은 끝에 결국 배 째라는 듯이 스스로를 '아줌마'라고 부르기 시작한다.

이런 패배감은 여자만 있나 했더니 얼마 전 비슷한 나이의 친한 남자가 중얼거리기에 놀랐다.

"이 나이가 되면 가슴 두근거리는 게 창피하다는 풍조가 있잖아. 그런 게 가능한 건 삼십 대까지야."

인생 늘그막에 달한 것 같은 소리를 하며 쓸쓸하게 웃었다. 하는 일에 경험을 쌓고 부하를 거느리고 가족을 먹여 살리며 사회적 책임을 지는 정도가 커지면 남자는 일찌감치 일선에서 물러날 준비를 시작한다. 그럴 수가. 닥치는 대로 연애하라는 말은 아니지만, 인생 이제 겨우 중턱인데 두근거리는 가슴을 일부러 버릴 필요가 어디 있나.

전에 작가 미우라 데쓰오* 씨를 인터뷰했을 때 "난 매일 사랑을 한답니다"라고 말씀하셨다. 현실적인 연애는 아니라도 가령 소설 여주인공에 대해, 또는 텔레비전에 등장하는 아이돌에 대해 '멋진데'라고 생각하면 가슴이 두근거린다고 한다. 눈을 반짝이며 말하는 미우라 씨를 보며, 젊다는 건 이성에 대해서뿐 아니라 뭐가 됐든 두근거린다든지 감동한다든지 가슴 설렐 수 있다는 걸 말하는 게 아닐까 생각했다.

육체적인 노쇠는 어쩔 수 없다. '탱탱'이 '쭈글쭈글'이 되고

---

* 三浦哲郎. 아내와의 사랑을 그린 《시노부가와》로 1961년 아쿠타가와상을 수상한 소설가. 실생활에서 소재를 선택하여 재구성하는 뛰어난 사소설 작가로 주목받았다.

흰머리가 늘고 글씨가 흐려지고 건망증이 심해지는 걸 막을 수는 없다. 하지만 그와 동시에 정신까지 쭈글쭈글해질 필요는 없지 않나.

"괜히 기죽지 말고 우리 죽기 직전까지 두근거리면서 살자고."

친구를 위로하는 척하면서 나 자신을 타일렀다.

음식 가공 버릇

전에 친구에게 지적받은 적이 있다.

"있지, 나온 음식에 뭔가 손대지 않고 그냥 먹을 순 없다, 그런 주의야?"

그 말을 듣기까지 몰랐다. 듣고 보니 과연 나는 접시에 나온 음식을 이렇게 저렇게 가공하는 버릇이 있는 것 같다. 하지만 남들도 다 그러는 줄 알았다.

그때 중국 음식점에서 친구와 함께 볶음밥을 먹고 있었다고 기억한다. 딱히 볶음밥이 맛없었던 건 아니다. 맛있으니까 더 맛있게, 좀 더 내 입맛에 맞게 하고 싶은 것이다. 그래서 식초를 쳤다. 기름과 밥과 계란과 게살에 식초가 살짝 곁들여지면 전체적인 맛의 윤곽이 딱 잡힌다. 볶음밥뿐 아니라 중국식 볶음면, 잡채, 쇠고기 피망 볶음 등에도 식초를 넣을 때가 많다. 식초와 기름은 궁합이 잘 맞는 것 같다.

하는 김에 약간 매콤한 맛도 있으면 좋을 것 같아서 "두반장 있나요?" 하고 가게에 물었다. 그러자 "고추기름이 아니라 두반장인가요? 있어요" 하고 고개를 끄덕이며 작은 그릇에 덜어 갖다 주었다. 기분이 흡족해진 나는 하나 더 부탁하고 싶어졌다. 여기에 고수가 있으면 더 좋겠다 싶었던 것이다. 그래서 또다시 "자꾸 부탁드려서 죄송한데 고수는 있을까요?" 하고 물었다. 그러자 친구가 한마디 했다.

"그렇게 이거저거 넣으면 요리한 사람한테 실례잖아."

그래, 실례였나, 하고 잠깐 반성했다. 요리사는 아마 '이게 바로 완벽한 맛이다, 자, 어떠냐!' 하고 손님에게 도전하는 마음으로 음식을 내놓을 것이다. 그런 열의를 무시하고 내 멋대로 맛을 바꾸는 건 확실히 다소 예의에 어긋나는 행동일지도 모르겠다.

그래서 나는 생각을 고쳤다. 가공하기를 그만둔 게 아니다. 앞으로는 가공하기 전에 한 입 먹어보고, 그래도 가공하고 싶어지면 한다는 노선으로 변경했다.

물론 첫 한 입에서 마지막 한 입까지 잠자코 순순하게 먹을 때도 있다. 음식 종류나 가게에 따라 조미료를 전혀 놔두지 않는 곳도 있기 때문이다. 그런 경우는 나온 음식을 그대로 최대한 만끽한 다음 '아아, 맛있었다' 싶으면 다시 오고 '그렇지도 않네' 싶으면 다음번에 기대를 건다. '너무 맛없다' 싶으면 안 오면 그만이다.

"당연하잖아. 그게 음식점이랑 손님의 정상적인 관계야."

또다시 친구에게 야단맞았다. 하지만 나는 꼭 그렇다고 생각하지는 않는다. 음식에 절대적인 것은 존재하지 않는다고 믿기 때문이다. 각 개인의 취향은 물론이고 식욕의 정도, 건강 상태, 날씨, 가격, 같이 먹는 사람과의 궁합이며 긴장도, 재료의 신선도 등에 따라 미묘하게 맛의 인상이 달라지는 게 당연하다. 게다가 요리하는 사람도 기분이 좋을 때와 나쁠 때가 있을 것이다. 요리에 성공할 때와 실패할 때가 있을 것이다. 우연히 오늘은 감동이 그렇게 크지 않았을 뿐인지도 모른다.

그 원인이 요리하는 쪽에 있는지 먹는 쪽에 있는지, 그걸 어떻게 알겠나.

그마저도 아주 살짝 손을 댔더니 해소될 수도 있다. 간장을 한 방울 떨어뜨리자마자 만족도가 급격히 높아질 가능성은 분명히 존재한다. 그러지 않고 '이 집은 내 입맛에 안 맞아'라며 바로 등을 돌리는 쪽이 더 비정한 것 같은데, 어떻게 생각하시는지?

"글쎄, 나온 그대로 맛있다고 말해주는 손님 쪽이 고맙지. 일일이 가공하는 건 우리도 반갑지 않아"라는 집도 있을 것이다. 그런 곳에서는 나도 조용히 있다. 나라고 음식점과 싸우면서까지 내 취향대로 맛을 바꾸겠다고 주장할 만큼 고집이 세지는 않다. 또 애초부터 그렇게 훌륭한 미각을 가지지도 않았다. 다만 장소나 분위기에 따라 타인에게 빈축을 사지 않을 정도로는 행동할 수 있겠다 싶으면 이것저것 시험해본다.

가령 달걀 프라이를 주문했다고 치자. 달걀 프라이에 소금 후추를 치는 걸 좋아하는 사람과 우스터 소스를 뿌리는 걸 좋아하는 사람이 있다. 간장이 으뜸이라는 사람도 있다. 나는 어느 게 좋은가 하면 때와 장소에 따라 다르다. 토스트와 함께 먹을 때는 소금 후추가 좋지만, 밥과 먹는다면 간장을 찾게 된다.

가령 돈가스를 먹으러 간다고 치자. 소스가 두 종류 놓여 있는 가게가 있다. 고민한 끝에 둘 다 쳐보고 싶어진다. 하지만 실은 레몬즙과 간장을 치는 게 취향이다. 그런데 소금과 레몬즙도 돈가스에 잘 어울린다. 그런 건 먹어봐야 안다. 돈가스와 나 자신의 기분을 살펴가며 결정한다. 이게 즐겁다. 역시 우스터 소스가 있으면 좋겠다 싶은 날도 있다.

가공하고 싶은 건 타인이 만든 음식만이 아니다. 내가 한 음식도 부엌에서 먹을 때와 식탁에서 먹을 때 인상이 뚜렷이 다르다.

카레가 좋은 예다. 카레를 만들어야겠다 생각하면 우선 냉장고를 샅샅이 조사한다. 뭐가 있는지, 뭐가 부족한지 찬찬히 살핀다. 양파, 당근, 표고버섯, 셀러리, 가지, 피망 등 카레에 어울리겠다 싶으면 뭐든 넣는다. 그것들 전부를 볶고 고기를 추가하고 카레 가루를 넣고 닭뼈를 고아 만든 육수를 부은 뒤 감자를 넣어 얼마 동안 보글보글 끓여보는데 뭔가 미흡하다. 다시 냉장고를 열어봤다가 어머나, 이 사과, 꽤 오래됐지만 아직 먹을 만하겠네 싶으면 갈아서 넣는다. 바나나도 검게 변색돼서 방치된 게 하나 있으니까 써버리자. 다시 맛을 봤더니 너무 달다. 그래, 생강과 마늘을 짓찧어 넣자. 청주가 남아 있으니까 그것도 약간. 그 김에 우스터 소스와 간장을 더하는데, 그래도 아직 싱거운걸. 아차, 토마토를 잊어버릴 뻔했다.

이제 어떠냐 하고 맛을 본다. 꽤 맛있어졌지만 매운맛에 아직 깊이가 없다. 맞다, 그러고 보니 톰얌쿵 수프스톡이 남아 있었지. 그걸 넣으면 살짝 동남아시아풍 카레가 된다.

만들면서 생각나는 대로 이것저것 추가해서 나중에는 뭘 넣었는지도 잊어버릴 무렵 카레가 완성된다. 거기에 마지막으로 레몬즙을 약간. 상당히 복잡한 맛이 나겠다며 자신만만하게 그릇에 뜬다.

"잘 먹겠습니다."

저렇게 온갖 다양한 맛을 조합해서 만든 카레도 막상 식탁에 앉아 밥과 함께 떠먹는 단계가 되면 또 다르다. 뭔가 더 넣고 싶다. 뭔가가 부족하다.

그렇게 생각하는 사람은 나만이 아니다. 가족에게 카레를 만들어주면 난리가 난다. 동생은 냉장고에서 버터를 꺼내 와 카레 위에 얹고, 아버지는 "아직 좀 싱거워"라고 중얼거리며 소금, 그리고 우스터 소스를 약간 친다. 어머니는 어머니대로 밥과 카레를 따로 먹고 싶다며 접시에 카레, 밥공기에 밥을 퍼서 독자 노선을 내달린다. 그게 끝이 아니다.

"야, 딸기 잼 있냐?"

아버지가 말한다.

엄마카레 아빠카레

동생카레 내카레

"맞다, 딸기 잼을 깜박했네."

내가 대답한다.

우리 집은 옛날부터 카레에 딸기 잼을 곁들여 먹는 습관이 있다. 과일 처트니*를 곁들이는 것과 같은 발상인데, 처트니보다 딸기 잼이 서민적이고 순수한 맛이라 더 친숙하다. 매운 카레를 밥과 함께 먹어 입안이 얼얼해지면 접시 구석에 얹은 달콤한 잼 한 숟갈을 먹는다. 매운맛에 자극된 혀를 단맛으로 달래고 다시 카레를 먹는다. 그걸 반복하며 먹는 것이다. 묘한 조합이라고 얼굴을 찡그리는 사람도 있지만 관심이 있으면 한번 시도해보시길. 제법 괜찮다.

그러고 보면 음식을 가공하는 내 버릇은 자라난 환경의 영향이 큰 것 같다. 가족이 같은 음식을 놓고 '이렇게 먹으니까 맛있네' 하고 서로 경쟁하듯 이렇게 저렇게 가공하는 사이에 몸에 뱄다. 결코 예의 바른 행동이라 할 수는 없지만, 이것저것 해보면 먹는 즐거움이 더욱 늘어나는 것 같다. 이 나쁜 습관은 아무래도 쉽게 없어질 것 같지 않다.

• Chutney. 인도 음식에 함께 나오는 양념. 과일이나 채소에 향신료를 넣어 만든 것으로 주로 육류에 얹어 먹거나 커리에 함께 넣어 먹는다.

식탐 유전

초등학교 1학년인지 2학년 때의 일이다. 내 생일에 가족과 함께 중국 음식점에 갔다. 식사를 마칠 때까지는 평온했는데, 그 집에서 나오자마자 "추워!"라고 외친 게 문제였다.

"춥다니 그게 무슨 소리냐? 그게 부모에게 밥을 얻어먹고 나서 할 말이냐? 넌 대체 무슨 생각이냐?"

11월 초 북풍이 부는 저녁이었다. 따뜻한 실내에서 나와 갑자기 추운 바깥 공기를 쐬어 무심코 한 말이었다. 그러나 아버지는 태도가 불량하다, '맛있었어요, 고맙습니다'라고 말하는 게 당연하지 않으냐고 격노해서 집에 도착할 때까지 내내 호통을 쳤던 게 기억난다.

아버지는 먹는 걸 좋아한다. 미식가라고 하기는 어렵지만,

식탐과 크고 튼튼한 위만은 남들보다 갑절은 되는 것 같다. 자신이 좋아하면 가족들도 당연히 좋아할 것이라고 믿는다. 애들 생일이 다가오면 "그래, 그러냐, 네 생일이냐. 뭐 해줄까?" 하고 묻는다. 그래 놓고 이쪽이 "음, 그럼 ……" 하고 생각하는 사이에 "좋아, 맛있는 거 먹으러 가자"라고 선언한다. 순식간에 선물은 외식으로 결정된다.

꼭 생일이 아니라도 우리 남매는 어렸을 때부터 시건방지게도 여기저기 먹으러 다녔던 기억이 있다. 아버지는 음식점에서 맛있는 걸 발견하면 그 맛을 잊어버리기 전에 "여보, 당신도 흉내 내서 한번 만들어보지?"라며 어머니에게 만들게 했다. 맛있게 만들어지면 젓가락을 든 손을 이마에 대고 울듯한 표정으로 "맛있군" 하고 중얼거렸다.

아버지의 입버릇은 "눈물 나도록 맛있다"와 "죽도록 맛없다"로, 불만스러울 때는 늘 "죽을 때까지 할 수 있는 식사 횟수에 한도가 있으니, 맛없는 건 단 한 끼도 먹고 싶지 않다"라며 성을 냈다. 아침을 먹으면서도 "그래, 오늘은 뭘 먹여줄 거지?" 하고 어머니와 나를 빤히 쳐다보곤 했다.

그런 아버지 밑에서 자란 나는 젊었을 때 '결혼은 음식에

와구와구

까다롭지 않은 사람이랑 해야지'라고 생각했다.

아버지처럼 하루 온종일 먹는 것에 집착하는 남편이면 몸이 도저히 못 버틸 것이다. 식사는 적당히 맛있으면 되지 않나 생각했다.

그랬건만 피는 못 속이는 건지 아버지의 영향력이 너무 컸는지, 스스로 돈을 벌어 먹고살게 되어보니 나는 생각했던 이상으로 먹는 걸 좋아하는 사람이었다.

다만 기본적으로 음식에 절대적인 건 없다고 생각한다. 그날의 위장 상태며 기호, 배고픈 정도, 같이 먹는 사람, 이야기 내용, 요리사의 기분, 서빙하는 사람과의 궁합, 날씨까지도 음식 맛에 영향을 미친다. 그 모든 조건을 만족시켜 "맛있네!" 하고 중얼거릴 때 느끼는 행복감은 최고다. 내가 그렇게 말하며 씩 웃으면 "잘됐네" 하고 같이 기쁘게 웃어주는 음식점이 좋다.

책을 읽고 나서

    책을 펴기만 해도 어렴풋한 공포가 온몸을 휩쓴다. 도중에 싫증 나지는 않을까. 빠져들 수 있을까. 마지막까지 읽을 수 있을까.

    자랑할 이야기는 아니지만 어렸을 때부터 책을 읽는 게 고역이었다. 이 한 문장을 지금까지 수십 번 썼는데, 그때마다 자신이 한심해진다. 소설가 가정에서 자랐으면서 어쩌다 이런 체질이 됐을까. 철이 들었을 무렵에는 이미 두 살 위인 오빠가 책벌레가 되어 하루 종일 집에 틀어박혀 독서에 열중했는데, 동생인 나는 '줄 끊어진 연'(어머니가 그렇게 불렀다)처럼 해 떨어질 때까지 밖에서 날뛰고 있었다. 오빠는 내 국어와 역사 숙제를 도와주고, 그에 대한 교환 조건으로 내가 오빠의

곤충 채집을 도왔다. 남매의 그런 역할 분담은 한번 성립된 후 여간해서 깨지지 않았다.

"넌 왜 네 오빠처럼 책을 읽지 않는 거냐? 그러니까 아무것도 모르는 거야."

아버지가 나를 야단칠 때 늘 쓰는 문구였다. 혼날 때마다 기죽고 위축되어 점점 더 책이 무서워졌다. 어쨌거나 내가 가끔 집에서 책을 읽을라치면 "어이, 큰일 났어. 사와코가 책을 읽는다고. 참 별일이 다 있군. 방해하지 말고 가만두자, 가만" 하고 온 집 안에 소동이 벌어지는 형편이었으니 말이다.

경험자로서 하는 말인데, 독서를 권장할 때 공갈 지도는 역효과인 것 같다. 추어올리고 꼬이고 달래서 상태를 봐가며 책의 세계로 슬슬 끌어들여야 한다. 그것도 되도록 자아가 눈뜨기 이전의 어린 시기에 활자와의 관계를 공고히 해두는 게 좋을 것이다.

실제로 내 전철을 밟게 하지 않겠다고 두 남동생에게 독서 지도를 해봤더니 위의 동생은 완전히 실패했다(자기도 안 읽으면서 왜 남에게 강요하느냐고 반발했다). 그 동생은 나보다 한술 더 떠서 지금도 만화책을 읽는 것조차 힘들어한다. 하지만 아래 동생은 꼬이는 데 성공해서 지금은 독서 양과 속도가 평균보다 약간 높은 정도는 되는 것 같다. 다 이 누님의 애정 어린 교육 덕분이다.

남동생 이야기는 아무래도 상관없고, 그렇기에 어렸을 때 독서 습관을 들이는 데 실패한 나는 책을 펴자마자 내용에 집중할 수 있는 사람을 무조건 존경한다. 반면 책을 몇장 넘기는가 싶으면 몇 분 뒤에 슬그머니 책을 덮고 "다 읽었다" 라고 조용히 중얼거리는 사람은 나와 똑같은 인종이라 보고 싶지 않다.

이런 콤플렉스가 있는 내가 한번은 아동문학자인 마쓰오카 교코* 씨를 뵐 일이 있었다. 마쓰오카 씨는 아동문학 연구를 하는 한편으로 도쿄 어린이 도서관을 운영하신다. 요즘만큼 정보화가 진행되지 않았던 내 어린 시절에도 이미 책 말고도 유혹하는 자극이 많았으니, 요즘 세상에 조용하고 차분하게 독서에 열중하기는 꽤나 어려울 것이다. 그렇게 생각해서 질문해보았다.

"요즘 애들이랑 옛날 애들이랑 책 읽는 방식이 다른가요?"
"네, 다르죠."

• 松岡享子. 아동문학 연구자이자 번역가. 대표적인 번역서로 마이클 본드의 《패딩턴 베어》 시리즈가 있으며, 작품으로는 《수수께끼를 좋아하는 아이》 등이 있다.

책을 읽고 나서

소화하고 감동

"으음, 역시 책 읽을 시간이 없어서겠죠?"

"아뇨, 독서 시간 자체는 짧아도 괜찮아요. 하루 삼십 분이어도 문제없답니다. 하지만 ……" 마쓰오카 씨는 쓴웃음을 지으며 말씀을 이으셨다. "책을 읽고 난 다음의 시간이 없어요. 요즘 애들은 책을 읽고 나서 읽은 내용에 관해 멍하니 생각할 시간이 없는 거예요."

읽고 난 직후의 시점에서 습득하는 것은 일과성 정보뿐이다. 그 뒤 멍하니 생각함으로써 정보를 몸속에서 소화하고 감동할 때 비로소 진짜 지식과 지혜를 얻는다는 게 마쓰오카 씨의 주장이다.

나는 이 이야기를 듣고 충격을 받았다. 애들만이 아니다. 요즘 세상에 책에서 얻는 것을 정보로만 파악하는 건 어른들도 마찬가지다. 일과성이 아닌 감동을 과연 맛보고 있을까. 그래서 나는 생각을 바꾸기로 했다.

절대량이 부족하고 속독이 안 되는 나는 어차피 조바심을 내봤자 소용없다. 그보다 좋은 책을 만나고 싶다. 읽고 나서 멍하니 생각하며 차분히 감동을 맛볼 수 있는, 언제까지고 소중히 간직하고 싶은 책을 만나고 싶다.

시대에 뒤떨어진 독서 기술

나는 독서 기술 같은 게 없다. 애초에 책을 읽는 재주가 극단적으로 없다. 아버지 어머니 두 분 다 대학 국문학과를 졸업했고 아버지는 심지어 직업이 작가인데, 그런 집에서 태어난 딸이 어째서 책을 싫어하게 됐는지 이유를 모르겠다.

어렸을 때부터 당연히 '책 좀 읽어라, 책 좀 읽어' 하고 혼나면서 컸다. 혼나니까 책을 읽었다. 그러다 보니 책을 읽을 때는 늘 즐겁다는 생각보다 의무감이 앞섰다. 좋아하게 되어야 한다는 마음에 조바심을 내며 읽는다. 조바심을 내며 읽으니 좀처럼 머리에 들어오지 않는다. 그걸 반복한 결과 책을 진심으로 좋아하지 못하는 채 어른이 되고 말았다.

게다가 책을 읽는 속도가 남보다 두 배, 아니 세 배는 늦다.

"그거야 책 읽는 게 익숙하지 않으니까 그렇지" 하고 독서를 좋아해 마지않는 친구가 지적했다. 익숙해지면 빨라진다고 한다. 그는 내가 책 읽는 모습을 옆에서 지켜보더니 "아하, 글자를 하나하나 다 읽으니까 늦는군" 하고 꼭 속독 학원 선생님 같은 소리를 했다. 하지만 글자를 하나하나 읽지 않고 책을 어떻게 읽는다는 말인가?

"자연스럽게 눈에 들어오는 글자만 읽어도 내용은 충분히 파악할 수 있어."

호, 그렇습니까. 한번 시험해보자 싶어서 당장 실행에 옮기기로 했다.

먼저 책을 편다. 일단 한 줄에 두어 개쯤 중요해 보이는 단어를 골라 읽는다.

'1975년, 치클라요, 발굴대, 거대 신전, 도로, 팠다'

이것만 보고 이해하라는 말인가. 이대로 다음 페이지로 넘어가는 편이 나을까. 눈에 들어오는 글자만 보는데 그런 불안이 머리를 스친다.

'최근, 방법, 채용, 열중, 귀국'

어느새 한자 단어만 골라 나열하는 나 자신을 깨달았다. 아니, 이럼 안 되지, 좀 더 중요해 보이는 글자를 찾자.

독서중

아직도
첫 페이지네...

끙차, 내가 더 빨라

'팜파 그란데, 팜파 그란데, 데이터, 데이터, 데이터'

점점 더 뭔 소리인지 모르겠다.

이런 식으로 두 페이지쯤 읽고 났더니 속독하는 친구가 "자, 뭐가 쓰여 있었지?" 하고 물었다. 나는 잠시 생각하다가 대답했다.

"고고학 이야기."

그건 책 제목만 봐도 알 수 있다고 어처구니없어했다.

하지만 이렇게 차멀미 날 것처럼 정신없이 책을 읽는데 과연 재미있다든지 문장이 훌륭하다고 감탄한다든지 감동한다든지 눈물이 날 것 같다든지 할까. 꼭 비디오를 고속 재생하면서 휙휙 보는 듯한 불만이 남는다. 그래 놓고 영화를 다 봤다고 생각하는 사람들이 가끔 있는데, 나는 그 사람들 기분이 도저히 이해가 안 된다.

이 스피드 독서법과 비교해서 그럼 나는 원래 어떤 식으로 책을 읽나 실험해보았다. 그랬더니 확실히 늦다. 매우 느려터졌다. 이유는 뭔가. 요컨대 나는 글자를 하나하나 읽는 정도가 아니라 속으로 음독하는 것이었다. 딱 국어 시간에 선생님이 시켜서 일어나 교과서를 읽는 것 같은 기분으로 머릿속으로 소리 내어 읽고 있다.

전철에서 책을 읽으면 근처 승객의 대화가 들려 독서에 전혀 집중하지 못할 때가 있다. 안 들으려고 하는데 자꾸만 그쪽 화제에 정신이 팔린다. "그런 적 없어?" 하고 남들에게 물어도 동조해주는 사람이 아무도 없다.

나는 어째서 이렇게 집중력이 없는 걸까 하고 늘 비관했는데 그 이유를 마침내 알았다. 내 마음속 목소리보다 큰 목소리가 귀에 들어오면, 책을 읽는 목소리가 들리지 않게 되면서 내용이 머리에 들어오지 않는 것이다.

이건 새로운 발견이었다. 아마 태어나 처음 책을 읽기 시작한 시점에 이 방법으로 읽는 것이라고 몸이 생각한 게 틀림없다.

이 방법의 유일한 이점은 책 한 권을 끝까지 읽었을 때 느끼는 감동이 확실히 크다는 점이다. 하지만 화제의 책에 대해 내가 이야기할 수 있는 건 붐이 다 지나간 다음이다.

줄 끊어진 연

지도를 보는 게 좋다. 최근에야 그 사실을 깨달았는데, 친구 차를 얻어 타고 어느 길로 갈까 이야기하면서 냉큼 도어 포켓에 들어 있던 지도를 꺼내 폈더니 친구가 말했다.

"넌 뭐만 있으면 금세 지도를 보더라. 저번에도 내 차 탔을 때 내내 보고 있었어."

듣고 보니 그렇다. 지도가 눈앞에 있으면 무심코 보게 된다. 심지어 어떤 길로 갈지 이미 알고 있을 때도 한 번 더 확인해보고 싶어진다. 그리고 지도를 펴면 실제로 보이는 주위 풍경과 지도를 비교하며 발견도 하고 더 좋은 길은 없나 찾으면서 가는 게 좋다.

도로 지도만이 아니다. 낯선 도시에 가면 일단 지도를 입수하고 싶어진다. 지금 내가 있는 곳은 어디고 중심가와는 어떤 관계이며 산과 강은 어느 쪽에 있는지 확인하고 싶다. 지도를 들고 걸어 다녀야 비로소 그 도시의 전체 이미지가 파악되는 것 같다.

사실 시간에 여유만 있으면 지도가 없어도 된다. 지도를 의지하지 않고 직감을 따라 어슬렁어슬렁 걷다가 생각지도 못한 곳에 이르면 얼마나 기쁜지 모른다.

청개구리띠인지도 모르겠다. 처음부터 누가 "여기 재미있어요. 안내해드리죠"라며 데려가 주는 것도 가끔은 편하고 좋지만, 역시 스스로 발견했을 때 느끼는 기쁨에 비하면 감동이 덜하다.

그런 버릇은 아무래도 어렸을 때부터 있었던 모양이다. 유치원에 들어가기도 전부터 혼자 산책 가는 걸 좋아했다. 당시 가나가와 현 니노미야에 살았는데, 완만한 뒷산을 올라가면 눈 아래 펼쳐지는 귤 밭의 녹색과 노란색의 대비가 아름답던 게 선명하게 기억난다. 그보다 좀 더 지나 가족과 함께 가루이자와에 머물렀을 때는 아침 일찍 산책하는 게 일과였다. 평소 도쿄에서는 깨워도 일어나지 않으면서도 그곳에서는 어째선지 매일 아침 이른 시간에 잠이 깼다. 얼른 나가고 싶은 기분을 억누르지 못하고, 가족이 자는 틈을 타서 살짝 집을 빠져나오곤 했다.

고요한 숲길을 걸어가면 갑자기 뱀이 앞을 가로지른다든지 풀숲에서 꿩을 발견한다든지 흥분의 연속이었다. 올 때는 꼭 딴 길로 온다. 위험해 보이는 새 길을 발견하고는 이 길이 지름길이면 나중에 가족들에게 가르쳐주겠다고 신이 났다가 미아가 될 뻔한 적이 한두 번이 아니다. 아슬아슬, 조마조마 해하며 아아, 재미있었다 하고 집에 돌아오면 어머니가 안색이 달라져서는 나를 기다리고 있다.

"대체 두 시간씩이나 어딜 갔었던 거니!"

'줄 끊어진 연'이라 불리기 시작한 게 그 무렵이다.

세 살 버릇이 여든까지 간다더니, 그런 습성은 지금도 남아 있다.

돌이켜 생각하면 내 인생 자체가 위태위태하고 뜬금없으며 한눈팔기에 길 잃기, 아슬아슬 조마조마의 연속이었다는 걸 새삼 깨닫게 된다.

노조미 유치원의 추억

몇 년 전, 졸업하고 아마도 처음으로 노조미 유치원을 찾았다. 졸업생으로서 학부모들 앞에서 이야기해 달라는 의뢰를 받아서다. 도움이 될 만한 화제는 생각나지 않았지만, 옛날에 다녔던 유치원을 사십몇 년 만에 보고 싶다는 호기심도 거들어 수락했다.

내가 노조미 유치원을 다닌 건 쇼와 30년대 중반(1950년대 말), 이 년 좀 못 미쳤을 것이다. 나와 오빠는 다른 유치원에 다니다가 도중에 들어온 것이었다. 그 전에는 가나가와 현 니노미야에 살면서 거기서 역 하나 떨어진 오이소의 산노 유치원에 얼마 동안 다녔는데, 그 뒤 나카노 구 사기노미야의 공영주택으로 이사하면서 필연적으로 유치원도 옮기게 됐다.

산노·유치원도 기독교 계열이었기에 노조미 유치원으로 와서 기도 시간이 있어도 별로 어색하지 않았다. 매일 아침 대형 교실(그렇게 부르고 싶을 만큼 널찍하고 볕이 잘 드는 방이었다)에서 예배를 드렸다. 원생들은 모두 풍금 반주에 맞춰 조용히 집합해서 의자에 앉아 예절 바르게 무릎 위에 두 손을 깍지 끼고 기도했다. 눈을 감으면 온갖 소리가 들려와 기분이 이상했던 게 선명하게 기억난다.

중간에 들어왔는데도 따돌림을 당한 기억은 전혀 없다. 당시 나는 머리를 땋아 등까지 늘어뜨리고 있었던 터라 남자애들이 가끔 잡아당겨 아팠던 기억은 있지만, 짓궂은 장난도 그 정도였던 것 같다. 늘 동네 아이들과 함께 유치원에 갔기 때문에 반과 나이는 달라도 친한 친구가 부족하지 않았던 영향일 수도 있다.

오빠와 같은 반에 있던 레이코, 그 여동생인 지구사, 안과 의사의 딸 가오루, 같은 공영주택에 살던 잇코와 케이(사카타 히로오* 씨의 큰딸) 등과 함께 매일 유치원에 다녔다. 친구들과 함께 그렇게 올 때 갈 때가 좋았다. 제대로 걸으면 십오 분쯤

---

* 阪田寬夫. 시인, 소설가, 아동문학가. 《흙 그릇》으로 1975년 아쿠타가와상, 《토라지이의 모험》으로 1980년 노마아동문학상을 받았다.

걸리는, 큰 느티나무 숲으로 둘러싸인 길을 수다를 떨고 게임도 하고 노래도 부르며 느긋하게 걸었다. 일부러 멀리 돌아 수풀을 통과한 적도 여러 번이다. 단풍잎이 손처럼 생겼다는 것, 잎사귀에는 전부 줄기(잎맥)가 있다는 것을 배운 것, 서리를 밟는 쾌감, 눈 결정의 아름다움, 매미 허물, 달팽이가 지나간 자국을 안 것도 전부 유치원을 오가면서였다.

무슨 이유였는지 가끔 어머니가 유치원까지 데려다줄 때가 있었다. 도중에는 기쁜데 유치원 문 근처까지 오면 난처했다. 어머니에게 보이기 싫은 게 있었기 때문이다. 매일 아침 유치원에 도착하면 문 앞에서 "안녕하세요" 하고 큰 소리로 인사해야 했다. 어머니가 그 모습을 보는 게 싫었다. 어머니는 그걸 아는지 모르는지 히죽히죽 웃으며 좀처럼 가주지 않는다. 하는 수 없이 등 뒤를 의식하며 여느 때보다 기운 없는 목소리로 선생님에게 인사했다.

너무너무 창피한 기분으로 문 앞에 서 있으면 머리 위에서 거대한 느티나무가 바람에 흔들려 쏴쏴 웃었다.

꽤 많이 변했을 것이라고 각오했건만 사십 몇 년 만에 찾은 노조미 유치원은 깜짝 놀랄 만큼 달라지지 않아 기뻤다. 건물과 설비, 사람은 달라졌지만, 그것을 둘러싼 환경이 예전과 똑같았다. 느티나무 숲, 좁은 오솔길, 마당. 당시와 똑같은 냄새가 났다. 그곳 공기를 느끼자 희미해지려던 추억이 단숨에 되살아났다. 스스로도 믿기지 않을 만큼 알차게 응축된 시대였음을 실감했다.

여름 나기의 꿈

덥다. 더위는 원래부터 고역이다. 하지만 생각해보니 추운 것도 고역이다. 어느 쪽이 더 괴로울까.

덥다고 벗는 데도 한도가 있다. 발가벗는다고 안 덥지는 않지만, 추울 때는 옷을 잔뜩 껴입으면 된다. 하지만 몸속이 추우면 아무리 옷을 많이 입어도 따뜻하지 않다. 추울 때 손발이 시린 게 여간 힘들지 않다. 역시 더운 게 낫겠다. 추운 것보다 훨씬 낫다, 그나마 낫다고 자신을 타일러보는데 그래도 역시 덥다.

문명의 이기 덕을 보자고 에어컨을 켠다. 하지만 켜기 전 잠깐 주저하게 된다. 에어컨의 쾌적함을 누리는 게 어쩐지 진짜 행복이 아닌 것 같아서다.

물론 처음에는 좋다. 극락이 따로 없다며 눈을 가늘게 뜬다. 하지만 시원한 공기에 익숙해질 무렵 고마운 느낌은 점차 옅어지고 두통이 시작된다. 그래서 요새는 되도록 에어컨을 켜지 않으려고 한다.

어렸을 때부터 유난히 땀을 많이 흘렸던 내게 어머니는 물뿌리개라는 별명을 붙여주었다. 손등에 송글송글 맺히는 땀이 꼭 물뿌리개 같다는 것이다. 어머니는 "이거 봐, 신기하지"라며 내 손을 잡아 눈앞에 들이밀며 웃었다. 내 손등의 작은 구멍에서 땀이 끊임없이 솟아나는 게 보였다. 재미있었다. 분명히 너덧 살쯤 됐을 때 어딘가 외출하려고 전철을 타고 가는 중이었다고 기억한다.

초등학교에 들어가자 찬물로 목욕하는 게 내 여름철 일과가 됐다. 집에 오면 책가방을 벗어 던지고 땀에 젖어 몸에 들러붙은 옷을 벗으며 욕실로 직행했다.

"목욕해도 돼?"

부엌에 있는 어머니에게 큰 소리로 물을 때는 이미 반쯤 알몸이다. 전날 밤 쓴 물이 남아 있으면 찬물을 더 틀어 수영장에 들어가듯 조그만 욕조에 풍덩 뛰어든다. 물보라가 일어 끈끈한 땀이 단숨에 씻겨 내려간다. 그 순간의 쾌감은 나도 모르게 아하하 웃을 정도로 굉장했다.

초등학교에서 중학교 때까지 여름방학이면 히로시마에 있는 큰아버지 댁에 자주 놀러 갔다. 큰아버지 부부는 자식이 없는 데다 큰아버지는 아버지보다 스무 살 가까이 나이가 많아서 우리 남매에게는 거의 할아버지 할머니나 다름없었다. 히로시마에서 여름 한철을 보내는 건 다른 애들이 할아버지 할머니 댁에 가는 것과 같은 느낌이었다.

큰어머니는 하루도 빠짐없이 저녁이면 마당에 물을 뿌렸다. 마당을 내다보는 유리문을 활짝 열고 무무*차림으로 긴 호스를 끌어내 와 잔디밭 구석구석까지 물을 뿌리기 시작했다.

"에이, 이렇게 문을 활짝 열면 모기가 들어오잖아요."

"사와코, 문 닫지 마. 그보다 에어컨 끄고 방충망만 닫아놓으렴. 이제 시원해."

내가 유리문을 닫으려고 하면 큰어머니가 마당에서 소리쳤다. 서서히 바람이 불어 툇마루의 풍경(風磬)이 딸랑거리기 시작한다. 물을 먹고 되살아난 풀들이 한꺼번에 향기를 내뿜

• muumuu. 화려한 무늬에 낙낙한 하와이 원주민 의상.

어 코를 자극한다. 큰어머니 말대로 낮의 열기에 비하면 훨씬 시원하게 느껴진다. 하지만 기껏 에어컨으로 식혀놓은 공기를 날아가게 할 건 없지 않나. "에이 참" 하고 투덜거리며 마지못해 스위치를 끈다.

이윽고 큰어머니가 이마에도 목덜미에도 등에도 땀이 송글송글 맺히고 손발은 흙투성이에 여기저기 모기에 물려 빨갛게 부은 팔을 긁으며 들어온다.

"아아, 기분 좋아라. 너도 물 뿌려보렴, 얼마나 좋은데."

더없이 개운한 표정이지만 나는 여전히 골이 나 있다.

큰아버지가 돌아가시고 이십 년 이상 지난 지금도 아흔 살이 넘은 큰어머니는 혼자 히로시마에 살며 변함없이 부지런히 물을 뿌리고 있을 것이다. 오늘도 슬슬 시간이 됐다. 큰어머니를 본받아 나도 아파트 베란다에 물을 뿌려본다. 한순간 부는 시원한 바람이 기분 좋다.

역시 에어컨은 얼마 동안 켜지 말아야겠다.

비 오는 달님, 새색시의 수수께끼

이 노래 「비 오는 달님(雨降りお月さん)」[*]을 부를 때마다 어렸을 때 애독했던 동요 책의 삽화가 떠오른다. 논밭으로 둘러싸인 완만한 시골길을 얹은머리를 한 새색시가 말을 타고 올라간다. 마부가 고삐를 잡고, 새색시는 고개를 숙여 얼굴을 감춘다. 하늘에는 보름달이 떴는데 먹구름이 몰려들어 주위는 어둑어둑하다. 경사스러워야 할 혼행길인데 어딘지 모르게 쓸쓸한 분위기가 감돌았다. 어째서 새색시는 기쁜 표정이 아닐까. 나는 그림을 보며 늘 우울한 기분에 젖어 큰 소리로

---

[*] 작곡가 나카야마 신페이가 1925년 아동 잡지 〈어린이 나라〉의 1월호에 악보와 함께 발표한 동요이자 엔카. 일본 최초의 레코드 가수로 유명한 사토 지야코가 불러 더욱 유명해졌다.

노래하곤 했다.

"비~ 오는~ 달님~ 구름~ 뒤~."

그런데 도중에 문득 의문이 들었다. 시집가는 건 대체 누군가? 달님 아닌가? 달님이 심술쟁이 비구름에게 시집가는 것이다. 그래서 슬퍼하는 것이다. 아니, 하지만 그림을 보면 새색시는 달 아래 홀로 말을 타고 가고 있다. 역시 인간 새색시인가.

"혼~자서~ 종이우~산 쓰고 가~지."

그랬다간 기모노 자락이 더러워질 텐데.

"종이우~산 없을~ 땐 누구랑~ 가나~."

…… 어쩔 거지?

"딸랑딸랑 땡땡 방울~ 달고."

…… 소리 참 예쁘다.

"말 타고~ 비 맞으며~ 가지~."

…… 종이우산을 쓰고 걷는 것보다야 말 타는 게 더 편하겠지만, 어쨌든 비를 맞으며 가면 귀한 기모노가 쫄딱 젖을 텐데. 이렇게 고생을 강요당하고 마부 말고는 아무도 같이 가주는 사람이 없는 혼행길이라니 대체 어떤 사정이 있는 걸까. 노래하면 할수록 마음이 슬퍼지고 노래하면 할수록 수수

께끼가 늘었다.

소꿉놀이와 인형놀이 같은 여자애다운 놀이에 하나같이 관심이 없었던 내가 시집가고 싶다는 마음은 어렸을 때부터 강했다. 기모노를 입은 여자를 보면 전철 안이든 길거리든 아랑곳하지 않고 "신부다!" 하고 소리 지르는 바람에 어머니가 난처했다고 한다. 언젠가 나도 저렇게 예쁜 기모노를 입고 시집갈 날이 올 것이라고 믿었다. 그때는 웃지 말고 조신하게 행동하자. 신부는 슬프고 수수께끼 같은 존재라고 이 노래에서 배웠다. 그날이 되면 나도 본래 성격을 감추고 슬픈 신부를 완벽하게 연기하겠다고 다짐했다.

그게 문제였나.

꿈은 지금도 실현되지 않았다.

달곰씁쓸 스티커

어렸을 때 스티커 모으는 데 푹 빠졌던 시기가 있었다. 초콜릿 같은 과자를 사면 들어 있는 스티커다. 그중에서도 데즈카 오사무* 씨의 텔레비전 만화영화 캐릭터 스티커는 당시 아이들 사이에서 압도적인 인기를 모았다. 과자 가게로 달려가 초콜릿을 산다. 물론 초콜릿 자체를 먹고 싶기도 했지만, 본심을 말하자면 역시 스티커가 갖고 싶었다.

"덤을 목적으로 초콜릿을 사는 건 안 돼."

어머니에게 혼날 걸 아니까 그렇게 자주 살 수는 없었다.

• 手塚治虫. 만화의 신, 아톰의 아버지로 불리는 인물. 1963년 일본 최초의 TV 애니메이션 『철완 아톰(우주소년 아톰)』을 제작·방영하면서 큰 성공을 거두었다. 『정글 대제(밀림의 왕자 레오)』『불새』 등의 작품으로 유명하다.

하지만 학교에서 친구가 새 스티커를 가진 걸 보면 얼른 나도 갖고 싶어 조바심이 났다.

모은 스티커들은 공책에 끼워 소중하게 들고 다녔다. 모으다 보니 꽤 많아졌다. 스티커니까 어딘가에 붙여 즐겨야겠지만, 기껏 모은 걸 쉽사리 쓰기는 아깝다. 가진 스티커들을 책상 위에 늘어놓고 노려본다. 저 중에서 딱 하나만 책받침에 붙이자. 어느 게 좋을까.

깡통 차기며 피구를 하며 밖에서 노는 게 특기인, 도무지 여자애다움이라곤 찾아볼 수 없는 아이였으면서 이런 때만은 여자애 기분이 얼굴을 내밀었다.

스티커 중에서 최고 등급에 속하는 건 뭐니 뭐니 해도 공주님이라든지 귀여운 여자애 스티커다. 그걸 쓸 수는 없다. 그럼 그다음으로 중요한 건 남자애라도 귀엽게 생긴 만화 주인공, 또는 사랑스러운 동물 종류다. 비교적 아무래도 상관없는 건 주인공의 적이라든지 조역에 해당되는 박사, 형사 등약간 험상궂은 캐릭터였다. 그거라면 미련은 없다. 붙여버리자. 아니, 잠깐, 매일 쓰는 책받침에 이걸 붙이면 귀염성이 없다. 역시 아깝지만 주인공을 붙일까.

그런 것 때문에 몇 시간씩 고민하고 있으니 늘 혼났다.

"대체 언제까지 스티커를 갖고 놀 생각이니? 이제 그만 좀 하렴."

이렇게 해서 또 소중한 보물을 공책에 끼워 서랍에 잘 넣어두는 것이다.

스티커를 모으는 목적은 하나 더 있었다. 당시 나는 초등학생이었고 새로운 동네로 이사 온 직후였다. 전학생이 친구를 사귀기는 쉽지 않다. 겨우 친해졌나 싶어도 이튿날 아침 교실에 들어가 말을 걸면 쌀쌀맞게 대하는 경우도 종종 있었다. 그런 때 스티커는 친구를 사귀게 해주는 절호의 재료였다.

"어머, 아가와, 너 그 스티커 있구나? 이거랑 교환하지 않을래?"

생각지도 못한 애가 말을 걸곤 한다. 스티커를 목적으로 접근하는 게 싫다는 생각도 마음 한구석에 있었지만, 그걸 계기로 친구를 사귈 수 있는 것도 사실이다.

"좋아. 이거 말고도 또 있어."

알랑거린다는 생각이 스스로도 들었지만, 그런 식으로 새 친구가 생기면 역시 기뻤다.

하지만 스티커만으로는 친구를 잡아둘 수 없어서, 친해졌다고 믿었던 친구에게 배신당하고 따돌림을 당해 울면서 집으로 돌아올 때가 많았다.

집에 오면 서랍에서 스티커 공책을 꺼냈다. 귀여운 스티커를 물끄러미 쳐다보며 얼마 동안 즐거운 만화 세계를 생각하고 있을 때가 가장 평화롭고 설레는 시간이었다.

그때 모은 스티커들은 대체 지금 어디 있을까. 스티커를 생각하면 지금도 가슴 두근거리는 향수와 외로움이 뒤섞여 달곰쏩쓸한 기분이 되살아난다.

밤새도록 춤추자

얼마 전 비행기를 탔다가 오랜만에 헤드폰을 끼고 채널을 돌려봤더니 영화음악이 흘러나왔다. 옛날 것부터 최신 영화 주제가에 이르기까지 하나같이 매력적인 곡들이었는데, 역시 뭐니 뭐니 해도 내게는 『마이 페어 레이디』의 「밤새도록 춤추자(I Could Have Danced All Night)」가 특별하다는 사실을 재확인했다. 그 곡을 들으면 저절로 웃음이 날 정도로 옛날 기억이 되살아난다.

그 곡을 처음 안 건 초등학교 2학년 때가 아니었을까. 마침 그 무렵 아버지가 처음으로 오디오를 샀다. 지금 생각하면 꽤 나 구식의, 스피커와 라디오와 턴테이블이 하나로 합쳐진 대형 오디오였는데, 당시 우리 집에서는 엄청난 고급품이었다.

상점에서 배달 온 날, 온 집 안에 큰 소동이 벌어졌던 기억이 있다. 물론 아버지는 애들이 만지지 못하게 하려고 오디오를 이층 자기 방에 놓아 나와 오빠를 되도록 멀리했다. 그렇다고 음악을 못 듣는 건 아니었다. 레코드를 틀 때는 가족이 모두 아버지 방에 모여 최신식 오디오가 레코드 위에 자동으로 바늘을 얹는 모습을 마치 신기한 마술을 보는 기분으로 지켜보곤 했다.

아버지는 속속 새 레코드를 구입해서 오디오로 들었다. 어느 날 아버지가 레코드 하나를 턴테이블에 얹고 있을 때 무심코 레코드 재킷이 내 눈에 띄었다. 검은 양복을 입은 약간 심술궂게 생긴 남자가 꼭두각시 인형의 줄을 놀리고 있었다. 그리고 줄 밑에는 눈이 커다란 젊은 여자가 주저앉아 있었다. 아하, 불쌍한 꼭두각시 인형에 대한 곡이구나. 나는 직감적으로 그렇게 생각했다. 그리고 흘러나오는 곡을 들으면서 가사 내용은 도통 모르겠지만 아마 이 여자 목소리가 재킷에 그려진 꼭두각시 인형이겠지 하고 상상했다. 그때는 곡명도, 그게 뮤지컬이라는 것도 까맣게 몰랐지만, 몇 번 듣다 보니 어느새 멜로디를 외웠다.

그 친숙한 멜로디를 영상으로 만난 건 그로부터 사 년 뒤,

내가 초등학교 6학년 때였다. 오드리 헵번 주연의 『마이 페어 레이디』를 신주쿠에 있는 극장으로 보러 갔다가 기절초풍했다. 잇따라 흘러나오는 친숙한 곡들을 이런 장면에서 이런 사람들이 불렀던 건가, 하고 수수께끼가 풀리는 쾌감은 기묘한 감동을 안겨주었다.

압권은 뭐니 뭐니 해도 「밤새도록 춤추자」였다. 혹독한 훈련 끝에 겨우 아름다운 영어 발음을 습득한 일라이자가 더없이 행복한 마음을 담아 춤추며 노래했다. 이런 멋진 곡이 있구나 싶어 동경했다.

해가 바뀌어 나는 제1지망이었던 사립 중학교에 합격했다. 합격 발표를 보고 돌아오는 길, 나는 일라이자가 되어 있었다. 주위의 빈축도 아랑곳하지 않고 안무까지 곁들여 「밤새도록 춤추자」를 흥얼거리며 집으로 돌아왔다.

'죽든지'에 담긴 애정

　돌이켜 생각하면 지금까지 말에서 용기를 얻은 적이 있는
지 잘 모르겠다. 물론 나 혼자 씩씩하게 살아왔다고 생각하는
건 아니다. 그러기는 고사하고 허구한 날 마음이 약해져 자신
감을 잃고 침울하게 고민하며 남들이 위로해주기를 기대한
다. 내가 생각해도 응석받이라고 반성하는 하루하루다.

　우울할 때는 전화를 건다. "무슨 일 있어? 목소리가 기운이
없네"라고 상대방이 물으면 기다렸다는 듯 내게 일어난 불행
한 이야기를 좌르르 쏟아놓는다. 친구는 내가 일방적으로 늘
어놓는 이야기를 안 들어주지는 않는다. 이야기가 대략 끝날
때까지 진지하게 맞장구를 쳐준다. 하지만 내 이야기가 끝나
기 무섭게 "그런데 말이지" 하고 놀라운 속도로 화제를 바꿔

에휴, 죽어버릴까

죽든지

크크크 크크크

어느새 실없는 이야기로 나를 끌어들인다. 마지막에 가서는 양쪽이 유쾌하게 웃으며 수화기를 내려놓는다. 대체로 이런 식이다.

독설가인 또 다른 친구는 고등학교 때 청춘의 고민을 안고 있던 내가 문득 "에휴, 죽어버릴까"라고 중얼거리자 그 즉시 "죽든지"라고 큰 소리로 말했다. 그 순간 웃음이 나, 죽고 싶은 마음은 어디론가 사라져버렸다.

바로 얼마 전에도 그때 그 시절 친구들이 오랜만에 모였다. 세월과 더불어 고민의 성격도 달라졌다. 누군가 "흰머리가 너무 많이 나"라며 우울한 목소리로 말하자 그 즉시 다른 사람이 "염색하면 해결돼!" 하고 받아쳤다. 한편 내가 "흰머리는 없는데 머리숱이 적어져서 고민이야"라고 했을 땐 "진짜 적어졌네"라며 내 슬픔에 가차 없이 채찍을 휘두르더니 금세 "요새는 가발이 좋아졌으니까 걱정 없어!"라고 덧붙인다. 이걸 용기를 주는 말이라고 할 수 있을까. 뭐, 어쨌거나 '내 고민은 별거 아니다'라는 기분이 들게 해주니까 효과가 없다 할 수는 없다.

그러고 보니 한 십오 년 전에 처음 원고 청탁을 받았을 때, 수락할지 말지 고민돼서 친구에게 의논한 적이 있다. 친구는 대수롭지 않은 일이라는 듯 이렇게 말했다.

"한번 써보든지? 아무도 너한테 명문장을 기대하지 않아."

친구의 그 한마디가 계기가 돼서 이렇게 글 쓰는 일을 생업으로 삼게 되었다 할 수 있으니, 그건 확실히 애정 어린 조언이었다.

융통성 없는 아이

내 인생에서 가장 찬란했던 시절은 초등학교 3학년 때다. 놀랍게도 세 학기 모두 성적이 전부 '수'였다. 통지표를 보고 기절초풍했던 기억이 있다.

당시 나는 착실한 학생으로 알려져 있었다. 선생님이 조용히 하라고 한번 말하면, 선생님이 아무리 우스운 농담을 해서 다른 애들이 다 같이 웃어도 자세를 흩뜨리지 않고 잠자코 앞만 보고 있었다. 의자에서 굴러떨어질 것처럼 웃어대는 학생을 보고 선생님이 "그만 좀 해라. 아가와를 보렴"이라며 나를 본보기로 삼을 정도였다. 그런 의미에서는 우등생이었을지도 모르지만, 결국 융통성이 전혀 없는 어린애였다고 할 수 있다.

융통성이 없을 뿐 아니라 한편으로는 소심하기도 했다. 전 과목에서 '수'를 받았을 때도 이렇게 머리가 좋을 리 없다고 생각하는 동시에, 이 성적표를 가족이나 친구에게 보이면 비아냥거릴 게 틀림없다는 공포심이 들었다.

나는 머뭇머뭇 교단 앞으로 나아가 선생님에게 작은 목소리로 속삭였다.

"저, 이거 이상해요."

남자 담임 선생님은 어디? 하며 내 통지표를 보더니 "뭐가 이상하지?" 하고 물었다.

"성적이 이렇게 좋을 리 없는데요 ……."

"그럼 고쳐주런?"

"아뇨, 저, 그런 건 아닌데 ……."

"그럼 됐잖아."

결국 용기 있는 발언은 실패로 끝나고, 기쁨 반 슬픔 반인 상태로 집에 돌아왔다.

아니나 다를까, 가족 모두가 고개를 갸웃했다. 어쨌든 가족들은 모두 내 전과를 알고 있으니 말이다.

이런 성적을 받기 일 년 전, 초등학교 2학년 때다. 과학 시험의 인체에 관한 문제에서 '괄호 안에 적당한 말을 넣으시

오'라는 물음에 대해 나는 괄호에 '고기'라고 썼다. 당연히 가위표가 붙어 돌아왔는데, 시험지를 본 어머니는 놀라 "무슨 정육점도 아니고. 근육이 답이잖니"라며 어이없어했다.

과학만이 아니다. 사회 시험에서는 우체국과 은행의 역할을 몰라 0점에 가깝게 받아 온 적이 있다. 등기, 속달 등을 구별하지 못한 것이다. 그 후유증으로 여태껏 우체국이나 은행에 가면 긴장한다.

국어 과목에서도 실수를 저질렀다. 魚(물고기 어)라는 한자를 배우고 집에 와서 그걸 완강하게 '우오'라고 읽었다. "아니, 이건 '사카나'라고 읽는단다"라고 말하는 아버지에게 "학교에선 그렇게 안 배웠어"라며 우겼다. 아버지는 결국 화가 나 "그럼 넌 생선 가게를 '우오야'라고 부를 생각이냐?"라고 고함쳤다(魚는 '사카나'라고 읽으며, '우오'라고 읽는 경우도 있다). 야단맞고 울었지만 납득은 하지 않았다.

그 때문에 우리 집에서 '사와코는 상식이 없다'라는 게 중평이었다. 모든 과목에 '수'를 주신 선생님은 언뜻 보면 '똑똑할 것 같은' 내 태도를 높이 평가해주신 게 틀림없다. 하지만 겉모습의 효과는 오래가지 못해 그 뒤 성적은 하락 일로를 걸었다. 그리고 융통성 없는 성격은 여태 남아 있다.

동분서주 식탁

나는 평소 지극히 불규칙한 외식 중심 식생활을 감수하며 사는 사람이지만, 가끔 친구를 초대해 직접 만든 음식을 대접할 때가 있다. 대체 뭘 하면 좋을까. 냉장고에 남아 있는 건 그것밖에 없었는데, 그래, 이걸 만들어볼까. 그런 식으로 이것저것 궁리하는 동안은 즐겁지만 정작 당일이 되면 전쟁터를 방불케 한다. 메모지를 들고 서둘러 장 보러 가서 식료품을 두 손 가득 들고 돌아오면 부엌으로 직행한다. 시계를 노려보며 계획을 세운다. 그 전에 빨래를 정리하자. 아차, 꽃을 꽂기로 했지. 아니, 쌀을 씻는 게 먼저야. 그러다 보면 손님이 하나둘 도착하기 시작한다.

"세상에, 아직 아무 준비도 안 돼 있잖아."

"뭐 좀 도울까?"

"괜찮아, 괜찮아. 그냥 앉아 있어."

나는 그렇게 대답하고 좁은 집 안을 뛰어다니다가 "일단 맥주부터 마실까?" 하고 잔을 내서 친구들과 함께 "건배!" 하며 한 모금 마시고는 다시 부엌으로 달려가 안줏감을 물색한다. 겨우 한 접시 내놓고 다시 부엌으로. 한 손에 맥주잔을 든 채 다음 음식을 만들기 시작해서 완성되면 다시 달려온다. "식기 전에 먹어." 그러고는 다시 부엌에서 냄비와 격투를 벌인다.

친구가 중얼거렸다.

"뭐랄까, 맛있는 걸 해주는 건 좋은데 너 좀 정신없어."

그러고 보니 그렇다. 옛날부터 다른 사람을 초대하면 차분히 앉아 있어본 적이 없다. 늘 앉았다가 섰다가 먹었다가 요리했다가 한다. 이게 아무래도 가정 환경 탓인 듯하다.

아버지는 남보다 갑절은 먹을 것에 대한 욕심이 많은 사람이다. 필연적으로 어머니와 나는 식탁에 느긋이 앉아 있을 수 없다.

"이봐, 청주를 데워줘."

"이거 말고 또 맛있는 거 없나?"

한마디 할 때마다 즉각 일어서야 한다. 그런데 모두가 식탁을 비우면 그건 그것대로 불쾌한지 "좌우지간 앉아. 정신 없군"이라고 화를 낸다. 그래서 분부대로 앉으면 또 "고기 좀 더 구워 와"라는 식이다. 그러니 어머니와 나는 아버지의 기분과 식욕을 가늠하며 부엌과 식탁을 왔다 갔다 하게 된다.

주방을 맡은 사람은 으레 그런 건 줄 알았다. 음식을 해주는 사람의 숙명이라 받아들이고 있었다. 아닌 게 아니라 피곤하고, 내가 생각해도 정신없다. 하지만 동시에, 만든 음식을 그 자리에서 먹어준다는 기쁨이 없지는 않다. 만드는 족족 그릇이 비는 쾌감을 몇 번이고 맛보고 싶어 일어선다.

독립한 이래로 가족 모두가 식탁을 둘러쌀 기회가 확 줄어든 지금도 이 습성이 사라지지 않는 건 그런 쾌감을 잊을 수 없기 때문인지도 모른다.

또 나만 먹지 못한 슬픈 기록

왜 그런지 어렸을 때부터 술안주 종류를 좋아했다. 연어알젓, 성게알젓에서 시작해 해삼 창자 젓갈, 오징어 젓갈, 아귀 내장 통조림 같은 걸 뜨거운 밥 위에 올려놓아 먹으며 "맛있다!"하고 외칠 때마다 "얘는 분명히 술꾼이 될 거야"하고 주위 어른들이 중얼거렸다. 예상이 완전히 빗나갔다고 하기는 어렵지만, 술이 없으면 살 수 없을 만큼 엄청난 술고래가 되지는 않았다. 하지만 안주가 없었다면 인생이 참 쓸쓸했겠다 싶다. 비싸니까 한꺼번에 많이 먹으면 안 된다고 자신을 타이르며 한 알, 한 조각씩 뜨거운 밥에 올려놓고 아껴가며 먹는 시간의 그 행복한 기분이란. 그야말로 최고로 행복한 시간이다.

붕어 식해*를 언제 알았는지 기억이 확실하지 않다. 하지만 이 냄새나고 괴상야릇한 음식을 처음 먹었을 때 '밥이랑 잘 맞겠다!' 하고 직감했던 것만은 기억난다. 그 이래로 좀처럼 만날 수 없는 이 음식에 아련한 그리움을 품고 살아왔다.

한번은 일 때문에 마이바라 역에 내렸다. 역 구내를 어슬렁거리는데 갑자기 '붕어 식해'라는 글씨가 눈에 들어왔다. 그래, 그랬나. 그 냄새나지만 맛있는 붕어 식해가 이 지역 명물이었나. 나도 모르게 글씨가 쓰여 있는 매장 쪽으로 다가가려는데 "아가와 씨, 지금 뭘 살 때가 아니라고요, 급해요" 하고 동행인에게 붙잡혀 마지못해 그냥 가야 했다. 그때 느낀 미련은 오래갔다.

그로부터 몇 년 뒤 우연히 비와 호 인근 오우미하치만에 갈 기회를 얻었다. 메이지에서 쇼와에 이르기까지 그곳에 오랫동안 살며 여러 귀중한 건축물을 남긴 미국인 전도사 윌리

• 鮒寿司(ふなずし). 내장을 제거하고 소금에 절인 붕어와 밥을 통에 켜켜이 넣어 6개월에서 이 년 정도 발효시킨 후 발효된 생선만 얇게 썰어서 먹는 음식이다.

•• William Merrell Vories. 일본에서 활동한 미국 평신도 선교사이자 건축가. 1905년 일본으로 건너가 사가 현립 상업학교의 영어 교사로 일했고, 1908년 교토에 건축설계 사무소를 세우고 많은 서양식 건축물을 설계·시공했다. 우리나라에서 이화여자대학교 파이퍼홀, 대천 선교사 수양관 등을 건축했다.

엄 보리스**의 심포지엄에 참가하는 게 목적이었다. 내 모교인 도쿄의 도요에이와 여학원 건물을 지은 것도 보리스였던 관계로 초청받은 것이다. "네, 참가하겠습니다!" 하고 대답했을 때 머리 한구석에 '붕어 식해'라는 글자가 떠올랐다. 맛이 되살아났다. 입맛을 다셨다. 그리고 당일, 시내를 견학하며 아름다운 거리 경관을 바라보는 한편 눈으로 '붕어 식해'라는 글자를 찾았다. 하지만 눈에 띄는 건 이게 대체 어떻게 된 일인지 '오우미 쇠고기'뿐이었다. 흐음, 붕어 식해도 좋지만 오우미 쇠고기도 맛있지. 당장 견학하는 단체에서 빠져나와 고깃집 문을 열고 유리 케이스에 든 오우미 쇠고기의 완벽한 모습을 음미하려는데 ……

"아가와 씨, 고기는 나중에 먹어요. 일 끝나고 나서 시간을 낼 테니까."

또 끌려갔다. 또 똑같은 상황이 벌어졌다. 게다가 듣자 하니 다른 패널들은 이미 전날 밤 오우미 쇠고기 전골을 잔뜩 드셨다지 뭔가.

"아이고 참 맛있더군요. 고기도 좋지만 그 빨간 곤약, 그게

참 훌륭하던데요."

빨간 곤약?

"이게 색깔이 새빨갛거든요. 탱탱한 게 연한 오우미 쇠고
기랑 얼마나 잘 맞던지. 아가와 씨도 어제 왔으면 먹을 수 있
었을 텐데 안됐네요."

나는 못 먹었는데 남들이 맛있는 음식을 먹었다는 이야기
를 들어야 하는 것만큼 불쾌한 일이 없다. 나도 곧 맛볼 수 있
다면야 상관없지만 그게 가능할지 확실치 않았다. 일이 끝나
면 나는 또 서둘러 도쿄로 돌아와야 했던 것이다.

"아이고, 저런, 하루 자고 가면 좋을 텐데. 오우미 쇠고기로
뒤풀이를 하거든요."

히죽거리는 사람들 앞에서 내가 "분해라!" 하고 소리치거
나 발을 동동 구른 기억은 없지만 내 심정이 표정에 똑똑히
드러났던 걸까. 도쿄로 돌아가려는데 선물을 받았다.

"댁에 가서 드세요."

이 얼마나 세심한 배려인가. 이 얼마나 깊은 연민의 정인
가. 봉지 안에는 피가 뚝뚝 떨어질 듯한 오우미 쇠고기와 새
빨간 곤약 두 덩어리가 들어 있었다. 오우미하치만은 정말 인
정 많은 곳이다!

하지만 인간은 욕심이 많은 동물이다. 물론 호화찬란한 고기와 빨간 곤약을 집으로 가져와 감동적인 기분으로 맛있게 먹은 건 사실이다. 하지만 뭔가가 찜찜하다. 본고장의 쇠고기 전골은 과연 어떤 맛일까. 왜 나만 먹지 못했나. 미련을 못 버리겠다.

지난달에 교토 니시키 시장을 걷다가 붕어 식해를 발견했다. 좋아, 이번엔 누구에게도 방해받지 않고 손에 넣을 수 있다. 의기충천해서 매장으로 다가갔다. 그런데 가격을 보고 기절초풍했다.

"이렇게 비싸요?"

하나에 2만 엔 가까운 값이 붙어 있었다.

"그야 그렇죠. 진미인데."

음, 하고 팔짱을 끼며 생각했다. 얼마 안 돼서 매장 아주머니에게 붙임성 있는 웃음을 던지고 그 자리를 떴다.

또 붕어 식해와 길이 엇갈리고 말았다. 지금은 역시 살 걸 그랬다고 후회된다. 다음번 기회는 언제나 돌아올까. 이렇게 비와 호에 대한 미련과 기대는 해마다 늘어가고만 있다.

어머니에게서 딸에게로

기모노를 입느냐고 묻는다면 솔직히 거의 입지 않는다. 특히 지난 십 년 동안은 합해서 다섯 번쯤 입었을 것이다. 모두 일과 관련해서 설맞이 기념 촬영이라든지 격식 차린 대담을 할 때 달랑 몇 시간, 일상적으로 입는 척하면서 카메라 앞에 서 있었을 뿐이다.

그 전으로 거슬러 올라가면 입은 횟수는 좀 더 많지만, 목적은 하나같이 친구의 결혼 피로연이다. 이십 대 중반부터 삼십 대 초반까지 또래 친구들이 잇따라 결혼했다. 피로연이 열리는 호텔, 모이는 사람들이 중복되는 경우가 많은 터라 똑같은 드레스를 입고 가기는 꺼려졌다. 그렇다고 매번 바꿀 수 있을 만큼 옷이 많은 것도 아니다. 그 점에서 기모노는 똑같은 옷을 연속해서 입어도 용서될 것 같다고 생각해, 좋아하는 가가코몬* 나카후리소데**를 입고 간다.

물론 혼자 힘으로 입은 건 아니다. 피로연 당일 아침 일찍부터 기모노 관련 용품 일체를 가득 담은 쇼핑백을 두 팔에 안고 미용실로 달려가 머리를 세팅한 뒤, 도움을 받아 기모노를 입는다. "참 예쁘네요" 하고 칭찬을 받으면 흐뭇해져서 또 요란하게 부스럭부스럭 쇼핑백 소리를 내며 피로연 장소로 간다. 평소와 다른 화려한 장소에서 긴긴 축사를 듣고 형식에 맞춰 내오는 요리를 먹고 나서 아, 이제 끝났다 하며 집에 갈 때면, 원래 내 짐에 더해 결혼 답례품을 담은 쇼핑백까지 늘어났다. 힘들게 집에 돌아올 때쯤이면 피로가 한계에 다다라 있다.

"아, 이제 좀 살겠네!"

---

* 加賀小紋. 코몬(小紋)은 옷 전체에 작은 무늬가 들어 있는 것을 말한다. 제작하는 지역에 따라 에도코몬(도쿄), 교코몬(교토), 가가코몬(이시카와 현)이 유명하다.

** 후리소데(中振袖)는 기모노 가운데 가장 화려한 것으로 미혼 여성이 입는 예복이다. 소매가 길고, 자수나 염색을 이용하여 화려한 무늬로 장식한 것이 특징이다. 소매 길이에 따라 오후리소데(大振袖), 나카후리소데(中振袖), 고후리소데(小振袖)로 나뉜다. 나카후리소데는 소매 길이가 100센티미터 내외이며 성인식이나 졸업식, 파티 등에서 주로 입는다.

아무렇게나 벗어놓은 기모노를 내려다보며 배를 문지른다. 아까 먹은 음식이 이제야 겨우 위 밑바닥에 도달하는 느낌을 확인하며 기모노는 참 갑갑하다고 감개에 젖곤 했다.

이럴 리 없는데. 어렸을 때부터 동경했던 기모노는 이렇게 괴로움을 동반하는 게 아닐 텐데.

"자기 나라의 민족의상을 혼자서 입지 못하는 국민은 일본인뿐이라고."

전에 연배가 어느 정도 있는 남자에게 이런 지적을 듣고 충격받은 적이 있다. 전통적인 민족의상은 각 가정에서 어머니에게서 딸에게로 입는 법을 이어가게 마련이다. 그러면서 입는 요령을 자연스레 익혀간다. 그런 의미에서 나는 좋은 환경을 타고났다.

내가 어렸을 때 어머니는 늘 기모노를 입고 있었다. "이제 그만 일어나렴" 하는 어머니의 목소리와 기모노 옷자락 스치는 소리는 늘 같이 들렸고, 잠에서 깨어났을 때 어머니가 오늘은 어느 기모노를 입고 있을까 확인하는 것도 즐거움이었다. 사실은 어머니도 편한 옷을 입고 싶었던 모양인데, 어머니에게는 기모노가 어울린다며 아버지가 다른 옷을 입는 걸 허용하지 않았다.

결혼 당초에는 결코 기모노를 능숙하게 입는 편이 아니었던 어머니도 성미 급한 아버지에게 "얼른 해" 하고 재촉받는 사이에 점점 단시간에 입는 요령이 생겼다고 한다. 솜씨 좋게 기모노를 다루는 어머니 곁에서 다다미 바닥에 앉아 넓적한 헝겊 띠를 내밀고 허리띠 위에 묶는 끈을 건네주며 언젠가 나도 이 기모노를 입게 될까 생각했다.

내가 가진 기모노 중 몇 개는 원래 어머니 것이다. 어머니가 내 나이 때 입던 것이라고 한다. 따져보면 그때 나는 이미 중학생이었다.

기모노라는 문화, 기모노 입기라는 일본 전통의 기술을 익히지 못했고 물려줄 딸도 없는 나는 어머니에게서 물려받은 이 기모노들에 대해 그저 죄송한 마음뿐이다.

소피스티케이티드 레이디

사실 재즈에 대해 잘 모른다. 어떤 종류가 있고 어떤 역사가 있으며 어떤 아티스트가 누구와 팀을 짰을 때 어떤 곡이 멋졌다든지 별로였다든지 그런 이야기가 나오면 아예 못 따라가겠다. 그래도 어쩐지 좋다.

젊었을 때는 분명히 싫어했다. 재즈 하면 묘하게 젠체하는 것처럼 보였기 때문이다. 재즈 다방에 처음 갔을 때 참 음울하고 겉멋 든 공간이다 싶어 반발심을 느꼈다. 큰 음량으로 흘러나오는 드럼과 베이스 소리를 배경으로 머리를 흔들흔들하는 남자, 발로 리듬을 맞추는 젊은이, 머리를 쥐어뜯는 아저씨. 담배를 피우며 눈 감고 있는 손님도 있다. 어디에도 대화가 없었다. 즐거운 표정도 없었다. 그저 자기 세계에 몰두하다가 이따금 신참에게 힐끗 눈길을 던지는가 싶으면 '너 같은 게 이게 얼마나 좋은 소리인지 알 턱이 없지'라는 눈초리로 노려본다.

'진짜 알기는 하는 거 맞아? 그냥 멋 부리는 거 아냐? 재수 없긴.'

그런 편견을 가지게 된 이래로 오랫동안 재즈를 '이해할 수 없는 음악'이라고 단정하며 살아왔다.

편견을 벗게 된 건 이십 대 중반에 들어서였다. 재즈를 좋아하는 친구 집에 가서 레코드를 듣는데 바이올린 음색이 귀에 착 감겼다. '좋은데!' 하고 순간적으로 생각했다. 경쾌하고 세련됐고 맛깔스러웠다. 두 대의 바이올린이 어우러지며 꼭 춤추는 듯했다. 나도 모르게 몸이 들썩였다. "이거 뭐야?" 하고 물었더니 "아아, 이거, 꽤 재미있지?"라는 대답이 돌아왔다.

"이것도 재즈야?"

"그래. 엄연한 재즈 음악이야."

뜻밖이었다. 재즈에도 이렇게 즐거운 곡이 있을 줄이야. 젠체하는 표정을 짓지 않아도, 어두운 기분이 들지 않아도 들을 수 있다. 이거라면 나도 이해할 수 있다 싶어 기뻤다. 예후디 메뉴인(Yehudi Menuhin)과 스테판 그라펠리(Stephane Grappelli)라는 두 위대한 바이올리니스트의 이름을 안 게 그 때다.

그 일을 계기로 나는 별안간 재즈에 관심이 생겼다. 어쩌면 바이올린 재즈 말고도 내가 좋아할 수 있는 곡이 더 있을지 도 모른다는 마음으로 한 곡씩 들어보았다. 디즈니 작품이며 스탠더드 재즈 등 되도록 쉬운 곡을 친구에게 추천받아 레코 드를 빌려 듣고 롯폰기의 재즈 클럽을 찾았다.

처음 재즈 콘서트에 간 건 그로부터 얼마 안 돼서다. 주트 심스(Zoot Sims)라는 유명한 색소폰 연주자가 출연한다고 했 다. 나는 처음 들어보는 이름이었지만 매우 유명한 노(老) 재 즈맨인 것 같다. 어둑어둑한 무대에 서서 연주를 시작하자마 객석에서 박수갈채가 터져 나왔다.

연주자 본인은 걸음걸이도 휘청거리는 데다, 체격은 좋았 지만 아무리 봐도 정정한 것과는 거리가 멀었다. 그랬는데 색 소폰을 불기 시작하자 어찌나 즐거워 보이던지. 연주 중에 피 아니스트와 눈을 마주치며 웃고 살짝 장난스러운 소리를 내 서 관객 서비스를 해주는 일거수일투족에서 멋이 느껴졌다. 단맛 쓴맛 다 봤을 그의 인생 자체가 색소폰 음색을 통해 전

해지는 듯했다. 복잡하고 독창적인 멜로디를 연주하는데 '어때, 대단하지?' 하고 거들먹거리는 느낌은 눈곱만큼도 없다. 악기가 몸의 일부인 것처럼 말 대신 음색으로 자연스럽게, 또 힘 있게 이야기하고, 노구를 흔들며 소리와 장난친다. 그런 재즈맨의 존재 자체에 압도됐다.

지금도 어려운 건 모른다. 아마 내가 아는 재즈는 그 세계의 입구에 불과할 것이다. 그래도 가끔 재즈의 세련된 리듬, 멋진 음색, 섹시한 음계를 만나면 온몸이 두근거리며 술 생각이 난다. 해설은 나중 문제고 기분 좋은 곡이 내게는 좋은 곡이다.

술잔을 기울이며 손가락으로 리듬을 맞춘다. 이 음악을 만들어낸 재즈맨들의 재능 넘치는 인생 한 귀퉁이에 나도 한몫 끼고 싶어진다. 그리고 나도 이 공간에 흐르는 곡처럼 세련된, 아주 멋진 여자가 되고 싶다. 재즈를 들으면 늘 그런 생각이 든다.

감춰진 바퀴벌레

음악을 좋아하게 되려면 반복해서 듣는 게 중요하다고 내 멋대로 믿고 있다. 시엠송이나 드라마 주제곡이 잘 팔리는 건 곡도 좋기 때문이겠지만 여러 번 들으면서 기억에 남아 애착이 생기기 때문이다. 그 곡을 들을 때 뭘 하고 있었나, 그 곡을 들으면 어떤 광경이 떠오르나, 누가 생각나나, 슬픈 마음이었나, 아니면 행복했던 시절이었나. 그 곡과 더불어 온갖 추억을 키워 마음에 아로새긴다. 그렇기 때문에 "이 곡 좋아해. 그이랑 처음 데이트했던 가게에서 나왔거든" 하게 된다.

물론 음악에도 첫눈(첫 귀?)에 반하는 게 있을 것이다. 실제로 나도 처음 들은 순간 감동해서 눈물을 흘렸던 곡을 몇 개는 꼽을 수 있다. 하지만 그 경우도 그 곡에 감동했기 때문에 자꾸 듣게 된다. 또는 들을 때마다 처음에 느꼈던 감동이 되살아나고 새로운 감동을 어디서 누구와 어떤 기분으로 공유했는지 그런 추억들이 부가되어, 그 곡에 대한 집착 요소로 축적된다. 나는 음악을 이해할 때 그 음악과 연결된 개인적이고 독단적인 기억의 단편들을 소중하게 여기지, 세상 사람들의 평가나 가치 판단에는 별로 관심 없다.

하지만 클래식은 어쨌거나 클래식. 음악의 최고봉이다. 작곡가는 누구, 연주자는 누구, 지휘자는, 가수는 …… 지식과 교양이 끝없이 요구된다. 게다가 그 곡이 언제 어디서 연주됐느냐 하는 것까지 언급하기 시작하면 한도 끝도 없다. 멜로디며 음색이 아름답다고 느끼기 이전에 막대한 기초 지식을 갖추지 않으면 들을 자격이 없을 것 같다. 그런 선입견을 갖게 된 이래로 나는 오랜 세월 클래식 음악을 경원하며 살았다.

이야기가 곁길로 새는데, 나는 전에 미국 워싱턴 DC에 잠깐 살았다. 그냥 살기만 하면 따분할 것 같아서 아는 미국 사람의 소개로 스미스소니언 박물관에서 자원봉사 스태프로 일했다. 그중에 스미스소니언 직원의 아이들을 맡아주는 어린이집에서 보조 교사로 일했을 때다. 어느 날 애들을 데리고 미술관 견학을 하게 됐다.

"자, 오늘은 다 같이 미술관에 가서 추상화를 볼까."

선생님이 그렇게 말했을 때, 나는 이런 너덧 살 먹은 어린 애들이 추상화를 이해할 수 있을까 싶었다. 그런데 선생님은 다음과 같이 말을 이었다.

"오늘 우리가 볼 그림은 아주아주 크거든. 그래서 화가는 그림을 그리는 데 아주 오래 걸렸어. 어느 날 캔버스 앞에 섰더니 글쎄, 그림에 바퀴벌레 시체가 붙어 있지 뭐니. 화가는 이거 난처하게 됐다 싶어서 떼려고 손을 뻗었대. 그러다가 아니, 그러지 말고 물감을 덧칠하자 생각했어. 그래서 그 그림엔 바퀴벌레가 숨어 있단다. 자, 바퀴벌레를 찾으러 가자."

애들은 좋아 죽는다. '코크로치, 코크로치' 하고 노래하며 미술관으로 가서는 지하 추상화 코너에서 문제의 그림 앞에 서자마자 눈에 불을 켜고 바퀴벌레를 찾기 시작했다.

결론을 이야기하자면 감춰진 바퀴벌레는 내가 발견해서 애들이 아주 고마워했는데, 그건 그렇다 치고 나는 다른 부분에 감동했다. 그림을 이런 식으로 만나는 게 가능할 줄이야. 그야말로 눈이 번쩍 뜨이는 듯했다.

그 추상화의 작가가 누구인지, 회화적으로 어떤 가치가 있는지는 전혀 몰라도 애들은 평생 그 그림을 잊지 않을 것이

다. 그리고 다시 그림 앞에 섰을 때 어린 시절을 떠올리며 관심을 갖게 될 것이다. 바퀴벌레를 물감으로 덮어버린 해괴한 화가는 이름이 무엇이며 어떤 경력을 가지고 있을까, 그 밖에 어떤 그림을 그렸을까 하고.

고상하고 잘 모르는 분야의 예술을 접해 주눅 들 것 같을 때마다 그 바퀴벌레 그림을 생각한다. 어떤 그림에나, 어떤 곡에나 사람의 감정이 꼭 들어 있게 마련이다. 드라마가 틀림없이 존재한다. 슬픈 이야기, 기쁜 이야기, 실수한 이야기, 웃기는 이야기. '그거 재미있네' 하고 공감할 수 있는 실마리를 하나라도 발견하면 성공이다. 그 위에 자신의 이야기를 더해 천천히 자기만의 관계를 숙성시키면 된다.

클래식 음악이 편치 않았던 내가 요새는 무슨 영문인지 일 관계로 클래식을 접할 기회가 늘었다. 이 나이에 지금부터 공부하기는 힘들지 않을까 걱정했는데, 하고 보니 그렇지도 않다. 아니, 공부하기 쉬웠다는 게 아니라 조금 공부해봤더니 뜻밖에 재미있다. 작곡가도 연주자도 지휘자도 대체로 괴짜들이라는 걸 알겠다. 그 괴상한 면모에 관심이 동한 상태에서 곡을 듣는다. 그래, 클래식도 우선은 재미있으면 되나. 그런 심경에 달했다.

클래식과 친하게 지내는 법

클래식 음악을 각별히 사랑하는 건 아니다. 클래식보다는 오히려 외국 대중음악이나 재즈, 영화음악, 일본 대중음악 등 다양한 장르 중에서 멜로디가 마음에 드는 걸 그때 기분에 따라 듣는다.

나는 기본적으로 잡식성이라, 음식에 관해 호오가 없는 것과 마찬가지로 음악도 어떤 장르 어떤 계통에 속하는지 전혀 모르는 채 직감적으로 '좋은데' 싶으면 좋아한다. 좋아하면 여러 번 반복해서 듣고, 여러 번 반복해서 듣는 사이에 애착이 붙고 나와 음악 사이에 어떤 독자적인 관계가 생겨나서, 어느새 그 무엇과도 바꿀 수 없는 특별한 음악이 되어 있는 경우가 많다.

그럼 어째서 클래식만은 경원하느냐, 장르를 의식하지 않는다면 클래식도 마찬가지 아니냐고 물을지도 모른다. 그건 그렇다. 이유가 뭘까.

아마 클래식은 '직감적으로 즐기는 것'만으로는 끝낼 수 없는 깊이가 있기 때문인 것 같다. 클래식을 즐기려면 나름대로 노력이 필요하다. 지식과 교양을 갖추지 못하면 클래식을 이야기하는 게 용납되지 않는다. 그런 기백에 압도되어 나 자신의 부족한 교양이 창피한 나머지 외면했는지도 모른다.

그러다 몇 년 전 우연한 기회에 클래식 음악에 관여하게 됐다. 라디오의 클래식 프로그램 담당자에게서 '음악을 내보내는 사이사이 그 음악에 관한 이야기를 넣고 싶으니 이야기를 써주지 않겠느냐'라는 의뢰를 받은 것이다. '이야기'니까 해설은 아니다. 에세이도 아니다. 말하자면 '역사적 사실과 픽션의 중간쯤 되는, 있을 것도 같고 없을 것도 같은 엉터리 이야기'로, 형태는 작곡가의 전기든 곡과 관련된 비화든 상관없다고 했다.

한 달에 한 번 쓰는 원고를 위해 나는 클래식 음악 관련 자료를 닥치는 대로 읽었다. 가령 모차르트의 음악을 내보내는 날이면 모차르트의 전기, 서간집, 잘츠부르크 음악제 자료,

평론서 등을 훑어본다. 그렇게 해서 '사실(史實)로 기록돼 있지는 않지만 이런 사건이 있었어도 이상할 것 없다' 하는 이야기를 창작하기도 했다.

그때는 한 여자가 모차르트에게 보낸 팬레터의 형태로 그의 반평생을 그리면서 그녀가 본 모차르트의 심적 갈등을 표현했다. 오랜 세월 먼발치에서 모차르트를 지켜본 여자가, 아버지의 반대를 무릅쓰고 잘츠부르크를 떠나 빈으로 갈 결심을 굳힌 모차르트에게 축복하는 편지를 보내는 것이다.

'드디어 탈출할 결심을 하셨군요. 전 당신이 잘츠부르크의 궁정음악가로 생애를 마칠 분이 아니란 걸 처음부터 알고 있었습니다.'

오랜 세월 모차르트를 지켜본 열렬한 팬의 시선에서 편지를 쓰는 사이에 모차르트가 한 인간으로 보이기 시작했다.

장난을 좋아하고, 아버지 앞에서는 꼼싹 못하고, 어렸을 때부터 유랑 배우처럼 각지를 돌아다니며 자란, 섬세하고 재능이 뛰어나고 상당히 특이한 사람이, 이런 멜로디를 이런 심정일 때 썼다는 말인가. 그런 생각이 들자 그때까지 좀처럼 귀에 익지 않던 모차르트의 음악이 갑자기 마음에 파고들어왔다.

모차르트뿐 아니라 지금까지 스무 번 넘게 작곡가와 곡을 소재로 내 멋대로 이야기를 창작해왔다. 클래식 전체로 따지자면 내가 배운 건 아마 2부 능선에도 미치지 못할 것이다. 하지만 남이야 어떻든 나 자신이 발을 디딜 발판을 만든 덕에 클래식 음악에 대한 관심이 다소 싹트기 시작한 것 같다. 클래식도 인간의 드라마다. 음악에서 그 드라마가 비쳐 보일 때 그 어떤 논리도 권위도 지식도 뛰어넘는 자기만의 감동을 얻을 수 있다는 걸 알았다.

요즘은 가끔 무의식중에 클래식 멜로디를 흥얼거리는 나 자신을 깨닫고 놀랄 때가 있다.

이런 식으로 친해지고 싶었던 거라고 제법 익숙해진 멜로디를 흥얼거리며 생각한다.

세 번째 이야기

아가와 일가의 크루즈 여행

태어나 처음으로 2주간 본격 크루즈 여행이란 걸 즐겼다.

배 이름은 로열 바이킹 퀸. 노르웨이 선박인데 세금 관계상 선적(船籍)은 바하마다. 1만 톤급은 여객선 중에서 중형에 해당되는 듯, 아닌 게 아니라 갑판이며 수영장이 다소 좁은 느낌도 없지 않았지만 아담하니 친근감 느껴지고 좋았다.

부모님은 이 년 전 같은 배로 지중해 및 에게 해 크루즈 여행을 다녀왔는데, 그때 추억이 워낙 강렬했던 모양이다.

"야, 퀸이 또 그리스 섬들을 돈다는구나. 어떠냐, 이번엔 너도 가지 않을래?"

아버지에게서 그런 전화가 온 건 여행을 떠나기 무려 일 년 전이다.

"그런 앞일을 ……."

내 일이란 게 내일 당장 어떻게 될지 모르는데 일 년 전에 2주일 이상 필요한 휴가 계획을 미리 세울 수 있을 리 없다. 게다가 크루즈라면 이브닝드레스부터 시작해서 의상을 잔뜩 준비해야 할 것 같지 않나. 매일매일 정식으로 화장하고 한껏 차려입은 채 잘난 척하며 프랑스 요리를 먹고, 서툰 영어로 외국인 승객과 사교에도 힘써야 한다고 생각하니 마음이 무거웠다. 안 그래도 파티를 싫어하는 체질인데.

"글쎄요. 잘 모르겠네요."

모호하게 대답해놓고 몇 달을 어영부영 보낸 끝에 드디어 예약 기한이 다가왔다. 그러자 아버지에게서 또 전화가 왔다.

"대체 가는 거냐, 안 가는 거냐? 어쩔 생각이야?"

노기 어린 목소리로 협박처럼 최후통첩을 들이대는 바람에 "갈게요, 간다고요" 하고 대답하고 말았다.

생각해보면 부모님과 셋이 여행할 기회가 앞으로 몇 번이나 더 있을지 알 수 없다. 약간 사치스럽기는 해도 가끔은 부모님 말을 따르자고 결심했다.

이번에 우리가 참가한 에게 해·흑해 여행 14일 코스, 이름하여 '오스만 제국으로 떠나는 여행'은 터키 이스탄불을 출발한 다음 북상해서 흑해로 들어가 얄타, 오데사에 기항한다. 다시 남하해서 보스포루스, 다르다넬스 해협을 빠져나와 에게 해로 들어가 레스보스 섬, 로도스 섬, 터키의 안탈리아, 쿠샤다시, 그리스의 미코노스 섬, 크레타 섬, 펠로폰네소스 반도의 나브플리온을 거쳐 마지막으로 산토리니 섬에 들렀다가 아테네에서 하선한다는 알찬 프로그램이다. 당초엔 이스라엘 하이파와 아슈도드에도 기항할 계획이었는데 중동 정세가 악화되는 바람에 유감스럽게도 중지됐다.

이렇게 해서 5월 19일에 일본을 출발해 비행기로 이스탄불까지 가서 2박을 한 뒤 21일 저녁 여섯 시에 무사히 출항했다.

당시 가족 관계는 평화 그 자체였다. 흰 선체를 올려다보며 발걸음도 가볍게 트랩을 올라가는 딸이 "와, 좋네요" 하고 웃으며 돌아보면 "그래, 좋지, 배가 제법 훌륭하지"라고 아버지가 기분 좋게 대답했다. 어머니는 어머니대로 "어머, 앨런이잖아. 아유, 기뻐라" "오, 미시즈 아가와, 안녕하셨습니까?"라며 이 년 전 탔을 때 만난 승무원과 와락 끌어안을 것처럼 좋아한다. "이번엔 딸도 데려왔지"라고 아버지가 소개해 "잘 부탁드려요" 하고 인사했다. 모두가 생글생글, 행복과 꿈이

가득했다.

출항 시간이 되자 갑판에서 승객들에게 샴페인을 주었다. 각자 샴페인 잔을 들고 건배도 하고 사진도 찍으며 잡담하다 보니 어느새 배가 천천히 움직이고 있었다. 동시에 스피커에서 출항 테마곡이 흘러나왔다. 꼭 디즈니랜드 노래처럼 명랑하고 단순한 멜로디인데, 그게 밝은 분위기를 자아냈다.

"야, 어떠냐. 오길 잘했지? 내가 억지로 가자고 안 했으면 넌 못 왔어."

아버지가 어깨를 지르기에 나는 즉각 "아버지 덕이에요, 아버지 덕이고말고요"라고 대답했다. 이어서 어머니가 "군인 아저씨 덕이에요, 군인 아저씨 덕이고말고요"*라고 복창했다. 군인 아저씨는 한 손을 허리에 얹은 자세로 만족스레 쌍안경을 들여다보았다.

이번 배 여행을 결심하게 된 최종적인 요인은 선실 문제였다. 아버지는 이 크루즈 여행에 함께 참가하신 사이토 시게티**씨와 둘이 일본인 승객을 대상으로 몇 번에 걸쳐 선상

---

* 1939년에 발표된 일본 유행가 「군인 아저씨 고맙습니다」의 가사. 1938년 10월, 동경매일신문과 오사카매일신문에서 '황군 군인에게 감사하는 노래'라는 주제로 공모를 했는데 이때 선정된 노래다.

토크를 하기로 하고 그 대신 방 하나를 받았다. 다시 말해 아버지 혼자 방 하나를 쓰는 것이다. 그럼 어머니와 내가 한 방을 쓸 수 있다. 엄청난 희소식이었다. 과거 경험으로 미루어 볼 때 여행 가서 아버지와 한 방에 묵는 게 얼마나 엄청난 일인지 충분히 알고 있었다.

저녁을 먹고 나면 순식간에 곯아떨어져서 요란하게 코를 골며 자는 아버지 탓에 다른 사람은 잠을 설쳐야 한다. 겨우 꾸벅꾸벅 졸기 시작할라치면 한밤중 열두 시쯤에 아버지가 일어나 화장실 문을 활짝 열어놓은 채 커다란 방귀 소리와 함께 배변을 마치고, 가래를 뱉어 수돗물로 흘려버리고, 헛기침을 하며 천천히 걸어온다. 게다가 이 세 가지 세트가 거의 오 분 간격으로 반복된다. 칵 하고 가래 뱉는 소리. 문이 덜컹 열리고, 수도꼭지가 끼기긱 소리 내고, 다시 문이 덜컹 닫히면, 마지막으로 에헴 하고 헛기침 소리가 들린다. 칵, 덜컹, 끼기긱, 덜컹, 에헴. 중간에 가끔 뽕. 이 빈번한 음향을 들으며 숙면을 취하는 건 쉬운 일이 아니다. 그래도 꿋꿋하게 잠을

•• 齋藤茂太. 의학박사, 일본정신병원협회 명예회장, 일본여행작가협회 회장, 일본펜클럽 이사로 활동했다. 특유의 통찰력과 부드러운 발상으로, 인생의 고민을 명쾌하게 진단하고 후련하게 처방한다는 평을 받았다.

청하면 아침에 귓가에서 아버지가 속삭인다.

"넌 정말 잘 자는구나. 이제 그만 일어나지 그러냐. 난 배고
파 죽겠다."

이런 악몽에서 벗어날 수 있다니 이 얼마나 행복한 일인가.
또 아버지의 속박에서 어머니를 해방시키는 게 바로 이번 크
루즈 여행에서 내가 맡은 사명이라고 느꼈다.

도대체가 아버지 같은 사람이 단체 여행을 한다는 것부터
가 잘못이다. 다 합해 열일곱 명 있는 일본인 승객은 아무래
도 함께 행동하게 될 운명이다. 기항지마다 여행사에서 사전
에 준비해놓은 일본인 전용 버스 한 대가 가이드와 함께 우
리를 기다리고 있었다. 다른 외국 관광객들과는 별도로 일본
사람은 전원이 이 버스를 타고 한나절 관광한다. 이런 행동
패턴을 아버지는 받아들일 수 없었다. 그럴 거라고 예상은 했
지만 그 정도로 거센 거부 반응을 보일 줄은 몰랐다.

아버지도 처음에는 꽤 참은 것 같다. 얼마 동안 눈을 감고
자는 척하기도 했다. 그러나 버스 안에서 가이드의 끊일 줄
모르는 설명을 듣다가 짜증이 정점에 달해 "그런 건 설명 안
해도 보면 안다고" "그런 일본어는 없어" 하고 나직하게 투
덜대기 시작했다. 그러면서 이따금 "안 그래?" 하고 곁에 있

는 어머니나 내게 동의를 구하는데, 그렇게 불쾌한 표정으로 말하면 반박하고 싶어지니 문제다. 그래서 "어쩔 수 없잖아요, 아버지만을 위한 여행도 아닌데" 하고 대꾸했는데 이런 태도가 아버지의 짜증을 더욱 키운 모양이었다.

첫 기항지인 얄타에서 체호프가 살던 집을 방문했을 때, 내가 "하여간 아버지는 자기중심적이에요"라고 무심코 말하는 바람에 아버지의 분노를 샀다. 그걸 기점으로 아버지의 울분은 점점 커졌다. 이튿날 오데사에서 시내 견학을 강요당한 탓에 영화『전함 포템킨』의 무대가 된 계단 밑에 가본다는 꿈을 이루지 못하게 된 아버지는 결국 폭발했다. "여기서 내려주시죠. 난 알아서 배로 돌아갈 테니까" 하고 나서더니 혼자 버스에서 내리고 말았다. 너무나도 순식간에 벌어진 일이라 어머니와 나는 그저 망연히 배웅하는 수밖에 없었지만, 겨우 자유행동을 할 수 있게 됐으니 아버지의 기분도 나아질 것이라고 생각했다. 그런데 배로 돌아온 아버지는 어머니를 노려보며 "왜 날 안 따라온 거지?"라고 화냈다.

요컨대 아버지에게 어머니와 나, 아니 특히 어머니는 자신과 일심동체여야 하는 존재인 것이다. 아버지가 불쾌하다고 생각하면 같이 불쾌해해야 하고, 훌륭하다고 생각하면 똑같이 감동하고, 시시하다고 말하면 "옳으신 말씀입니다"라며 깊이 고개를 끄덕이지 않으면 성이 안 찬다. 가끔 아버지에게 마음의 여유가 있을 때는 "너희들 하고 싶은 대로 해"라고 말하지만, 그 말을 곧이곧대로 듣고 내 생각대로 주장을 늘어놓으면 확실하게 언짢아한다.

아버지와의 충돌을 제외하면 이 배 여행은 예상을 훨씬 뛰어넘게 훌륭했다. 흑해에서 보스포루스 해협에 들어서기 직전, 갑판을 걷던 어머니가 갑자기 소리쳤다.

"어머, 저거 돌고래 아냐?"

"어? 어디, 어디? 날치 같기도 했는데."

"아냐, 돌고래야."

곧 선장의 안내 방송이 흘러나왔다.

"승객 여러분, 좌현 전방으로 돌고래가 보입니다."

정말이지 아름답고 우아한 풍경이었다. 넓은 바다 한가운데에서 돌고래가 뛰노는 모습을 볼 수 있다는 게 이렇게 기쁠 줄 몰랐다. 그런 때는 아버지와도 서로를 배려해주는 관계를 되찾을 수 있었다.

"어디 있는데? 어디? 나도 가르쳐줘라."

"저기, 저쪽에 보이잖아요. 보이세요? 아, 방금 한 마리가 뛰어올랐어요."

잔잔한 바다를 바라보며 산들바람을 맞으면 아버지의 마음도 조금은 누그러지는 모양이다.

"야, 월풀 욕조에 가지 않을래?"

그런 말을 꺼내는 아버지는 벌써 기쁜 표정을 짓고 있다. 로열 바이킹 퀸에는 주갑판 한복판에 월풀 욕조 두 개가 설치되어 있었다. 수영복으로 갈아입고 푸른 하늘을 올려다보며 온도가 적당한 온수 거품을 맞는 기분은 그야말로 천국이다. 이렇게 호강해도 되는 걸까 싶어 뺨을 꼬집고 싶을 만큼 기분 좋다.

얼마동안 보글보글 물에 몸을 담그고 있다가 갑판 의자에 누워 일광욕을 즐기기로 한다. 곧 바 웨이터가 나타나 "마실 것을 드릴까요?"라며 주문을 받는다. 에고, 어째 미안하네요, 하고 쩔쩔매지만 의연하게 대응해야 할 상황이라고 생각을 고치고 "그럼 블러디메리 한 잔" 하고 주문한다.

타바스코 맛이 느껴지는 시원한 블러디메리를 홀짝이며 몰래 주위를 둘러본다. 저렇게 대놓고 자외선을 쬐어도 되는 걸까 걱정되는 주름투성이 할머니가 주름투성이 몸뚱이를

갑판 의자에 눕히고 주무시고 있다. 한편 내 옆에는 역시 여
든 살은 족히 넘었을 듯한 신사가 반바지 차림으로 앉아 있
다. 따분해 보이기에 가만히 "월풀 욕조 기분 좋답니다. 꼭 들
어가 보세요"라고 말을 걸었다.

"알아. 우리 집에 있어."

그러자 더없이 무뚝뚝한 대답이 돌아왔다. 미국에도 아버
지와 성격이 비슷한 사람이 있다며 감탄했다.

200명 가까운 승객 중 80퍼센트 이상이 미국 사람으로 가
장 많고, 두 번째가 일본 사람으로 열일곱 명이다. 나머지는
독일, 영국 등이라고 한다. 정확한 연령 분포는 알 수 없지만
젊은 사람은 거의 보이지 않는다. 아마 승객의 태반이 예순
살 넘지 않을까. 이십 대쯤으로 보이는 여자를 가까스로 한
명 발견해 이야기해보니, 마이애미에서 왔다는 여자는 나처
럼 부모님과 함께 탔다고 했다. 가족은 원래 쿠바에 살다가
도망 나왔고, 그녀는 여섯 남매 중 막내라고 한다. 젊은 승무
원이 그녀에 관해 물었다.

"당신 또래에, 거기도 부모님이랑 함께 탄 여자 있죠? 이름
이 뭐래요?"

이름은 몰랐기 때문에 도움이 못 됐지만, 또래라고 생각해

주니 기분은 나쁘지 않다. 키가 작은 탓도 있겠지만 나를 어지간히 젊게 봤나 보다. "어머나, 내가 몇 살인 줄 알아요?" 하고 물었더니 "스물여섯 살쯤?"이라는 대답이었다. 소리 없이 후후 웃으며 대답은 하지 않았다. 그렇건만 어느 날 아버지가 말했다.

"야, 어느 승무원이 너 몇 살이냐고 묻길래 '당신이 생각하는 나이의 갑절'이라고 대답해줬다."

이 얼마나 친절한 아버지인가.

사십 년 전쯤 아버지와 어머니가 처음으로 배를 타고 하와이에 갔을 때, 온갖 장면에서 레이디 퍼스트를 강요당한 아버지는 상당히 곤혹스러웠던 모양이다. 다른 승객들 보는 앞에서는 어머니에게 양보하지만, 일단 방으로 돌아오면 "이 방 안은 일본이야, 알았어? 착각하지 마"라고 어머니에게 고함쳤다고 한다.

그런 정신은 이렇게 시대가 바뀌고 그 정도로 배 여행을 좋아하게 돼도 달라지지 않나 보다. 이번 여행 중에도 아버지는 어머니와 내게 문을 열어주면서도 무척 괴로운 표정으로 "이런 짓을 하니까 인간이 타락하는 거야"라고 늘 중얼거리곤 했다.

아버지의 그런 말에도 기죽지 않고 나는 여기저기 애교를 떨고 다니느라 바빴다. 카지노 슬롯머신 코너에 얼굴을 내밀어 미국인 할머니가 크게 따는 걸 견학하고(나는 내내 잃기만 했다), 피아노 바에 가서 좋아하는 곡을 신청하고, 매일 저녁 열리는 쇼를 보고, 끝으로 갑판에 나가 별이 총총한 밤하늘에서 별똥별을 찾고 나서 방으로 돌아왔다. 그럼 눈 깜짝할 새 한밤중이었다.

변명을 하자면 애교를 부린 건 나 나름대로 이유가 있어서다. 대접받으면 기분 좋은 것도 있었지만, 애국심에서 그런 것도 있다. 안 그래도 일본 사람은 단체로만 행동하는 국민이라고 여겨지기 일쑤니까, 일본 사람들끼리 뭉쳐 있지 말고 되도록 다른 나라 사람과 어울리려고 노력해야 한다. 그렇게 생각한 나머지 눈만 마주치면 누구든 상관없이 "하이" "하이" 하고 웃음을 팔고 다녔다. 그러다 보니 배 안에 아는 사람이 점점 늘어갔다. 방 밖으로 나오면 꼭 어디선가 아는 사람과 마주쳐 "안녕, 오늘은 뭐 했어?" 같은 판에 박힌 외마디 영어 회화를 주고받았다. 필연적으로 방으로 돌아오는 시간이 점점 늦어졌다.

"넌 또 실없이 애교나 떨고 다녔냐? 한번 밖에 나가면 절대로 못 돌아오겠다는 주의냐?"

아버지의 빈정거림이 묘하게 기억에 있다 싶었더니, 대학교 1학년 때 집에 늦게 온다고 혼나던 당시와 분위기가 완전히 똑같았다. 그 뒤 나는 그때와 마찬가지로 있는 듯 없는 듯 알쏭달쏭한 '통금' 시간을 크게 넘긴다는 대죄를 저지르게 된다.

어느 날 밤 승무원들의 디스코 파티에 초대받았다. 업무가 다 끝나고 나서 모이니까 밤 열두 시 다 돼서 시작한다. "그럼 즐기고 올게" 하고 어머니에게 말해놓고 갑판의 바로 갔다. 평소에는 유니폼 차림인 웨이터 앨런과 피터, 프레드, 객실 승무원 마리아와 카리나, 그리고 선원들과 선장까지 편한 복장으로 나타나는 바람에 못 알아볼 뻔했다. 원래 디스코와 친하지 않은데도 춤 잘 추는 프레드에게 이끌려 스텝을 배우고 빙글빙글 돌고 하는 사이에 기분이 한껏 고조되었다. 게다가 술까지 들어가서 부모님과 함께 있다는 긴장감을 깨끗이 잊어버리고 말았다. 보름달이 뜬 밤이었다. 술을 깨려고 뱃머리로 나가 갑판 의자에 몸을 기대고 달을 올려다보다가 그만 잠이 든 모양이다.

손전등 불빛이 느껴져 눈을 떠보니 선원이 서 있었다.

"괜찮아? 너희 아버지가 너 찾는데."

아버지는 골이 잔뜩 났고 어머니는 울기 직전이고 나는 잠에 취한 상태로 그날 밤은 그냥 잤지만, 이튿날 아침부터 아버지가 내게 보내는 차가운 시선은 마치 이십 년 전으로 돌아간 것 같았다. 나와는 말도 하려 들지 않아서 불량 딸은 발언권을 완전히 잃고 말았다. 아버지의 감시는 전보다 더 엄해져 "걔 어디 갔어?" 하고 찾으러 다니는 바람에, 여기저기서 "너희 아버지가 또 찾더라"라며 윙크하니 그렇게 창피할 수가 없었다.

어느 날 아침, 어머니와 둘이 아침을 먹으러 갑판 레스토랑에 갔더니 익살스러운 성격의 포르투갈인 웨이터 마누엘이 빙글빙글 웃으며 다가왔다.

"안녕, 잘 지냈어? 저번에 재미있었지? 오늘도 밤에 파티할 건데 안 올래?"

가고 싶은 마음은 굴뚝같지만 그럴 수 없는 사정이 있다고 외박 사건의 전말을 설명하자, 포르투갈어로 과장되게 놀라는 척하며 낄낄 웃었다. 그러더니 갑자기 정색하고 말했다.

"보라고, 아버지하고의 문제는 누구나 있는 거야. 정면으로

부딪치지 말고 시간을 들여 길을 돌아가면서 해결해야 해."

나보다 연하가 틀림없는 마누엘에게 설교를 들었다. 게다가 그다음 날 아침 또 내 귓가에 대고 "어제 내가 한 말 잊어버리지 않았지? 서두르면 안 돼"라고 속삭였다.

이런 말까지 들으면 도저히 내 진짜 나이를 공표할 수 없다. 이렇게 된 이상 하선할 때까지 어떻게든 나이를 속이겠다고 굳게 결심했다.

그리고 최종 목적지, 아테네의 피레우스 항구에 입항하는 날 아침, 춤 잘 추는 프레드가 복도에 서서 미소를 지었다.

"이제 헤어지네. 잘 있어."

거기까지는 아직 젊은 척할 수 있었다. 그러나 다음 순간.

"너 참 젊다. 도무지 마흔 살 같지 않아."

움찔.

"우연히 승객 명부를 보다가 알았지 뭐예요."

어째 프레드의 태도가 서먹하게 느껴진 건 기분 탓이었을까.

본고장의 맛

애틀랜타 올림픽을 취재하러 가서 처음으로 야구의 본고장 미국에서 야구 경기를 봤다.

올림픽 경기 중에서 가장 올림픽답지 않은 스포츠 같은데도 어떻게 된 일인지 야구가 제일 재미있게 느껴졌다. 그런 말을 했더니 다들 "특이한 취향이네"라며 웃었다. 야구는 일본에서도 일상적으로 볼 수 있겠다, 별로 새로울 것도 없지 않느냐는 이야기다.

아닌 게 아니라 시합 자체는 신선하지 않을 수도 있다. 요새는 일본 선수들이 메이저리그에 진출하면서 메이저리그 경기를 볼 기회도 늘었다. 일본에 있으면서 일본과 미국 야구의 차이를 비교할 수도 있다. 이 정도로 일본에서 대중적인 스포츠인데도 나는 원래 야구에 관심이 없었다.

스포츠가 싫은 건 아니다. 내가 하는 건 아주 좋아한다. 이래 봬도 중고등학교 때는 탁구부에서 활동했고, 대학에 가서는 경식 테니스부에 들어갔다. 연습을 거듭해서 점차 실력이 쌓여갈 때 느끼는 쾌감은 이루 말할 수 없다. 그런데 관전하려면 종목을 막론하고 갑자기 관심을 잃는다.

그런 스포츠 문외한이 올림픽을 취재하러 가는 것 자체가 묘한 이야기지만, 어쨌거나 다양한 올림픽 경기 중에서 특히 야구가 재미있었다는 게 스스로도 뜻밖이었다.

처음에 일본과 이탈리아의 경기를 보러 갔다. 이겨야 본선으로 진출한다는 중요한 시합이었다. "뭐, 아마 이기겠지만요"라고 중얼거리는 베테랑 스포츠 기자에게 기본적인 해설을 들으며 느긋한 기분으로 구경했더니 가뿐하게 대승을 거두었다. 어라라, 이렇게 단박에 이길 줄은 몰랐는데. 일본 팀 강한 거 아냐? 처음으로 그렇게 깨닫고 나니 다음 날 미국과의 시합을 꼭 보고 싶어졌다. 하지만 아무리 그래도 야구의 본고장 미국의 대표 팀에게 이기기는 쉽지 않을 것이다. 과도한 기대는 하지 말고 건투를 지켜보자며 경기장으로 갔더니 또 이기지 뭔가. 자, 여기서 멈출 수는 없다. 금메달을 건 강호 쿠바와의 결승전을 보지 않을 수 없게 됐다.

　스포츠 신문 특파원이라는 입장상 매일 다른 경기를 보고 그에 대해 기사를 써야 한다. 애틀랜타의 열악한 교통 상황에서 하루에 두 경기 이상 관람하기는 쉽지 않다. 그런데도 나답지 않게 정열에 불타올라 야구장에 세 번이나 간 것이다.

　대체 갑자기 무슨 바람이 불어서 야구 관전에 빠졌을까. 뭐가 그렇게 재미있었을까. 자기분석을 해보면 일본 팀이 건투했다는 게 물론 큰 요인이었다. 형편없이 졌다면 그렇게 흥분하지 않았을 것이다. 이길 가능성이 있으면 그만큼 응원하는 보람이 있지 않나. 맞다, 응원하는 대상이 명확했다는 것도 열중하게 된 이유였다.

　일본에서 어쩌다가 경기를 관전하더라도 어느 쪽을 응원할지 정하지 못하겠다. 이기기를 바라는 팀은 단 하나, 혹시 지더라도 마음이 흔들리지 않는다는 확고한 의지가 없으면, 아무리 열심히 경기를 봐도 감정이 실리지 않는다. 그 점에서 올림픽은 알기 쉽다. 당연히 일본 팀을 응원한다. 그럼 흥분하는 게 당연한 귀결이다.

　이런 당연한 감개를 품으며 시합 전개를 재미있게 본 건 사실이지만, 야구가 마음에 든 이유는 또 있다. 시합을 둘러

싼 환경, 분위기였다.

애틀랜타-풀턴 카운티 스타디움에 들어가면 맥주와 땅콩, 선탠오일 냄새가 난다. 스탠드 바닥에는 오랜 세월 축적되어 온 것으로 보이는 땅콩 껍질이 흩어져 있고 맥주가 진하게 배어 있다. 그 위를 빠삭빠삭, 쩍쩍 소리를 내며 걸어가 앞쪽으로 내려가면 그라운드가 무척 가깝게 보인다. 어라, 일본 구장이랑 다른데. 주위를 둘러보니 네트가 없다. 백네트를 제외하고 관중석과 그라운드를 가로막는 게 없는 것이다. 게다가 펜스가 낮다. 그라운드와 관중석 바닥 높이가 거의 차이가 없으니 선수가 실물 크기로 보인다. 양 팀 벤치 주변에 소년 야구팬들이 몰려들어 선수에게 사인을 받는다. 둘 사이에 네트가 없으니 무척 긴밀한 관계로 보인다.

무심코 봤더니 소년들이 하나같이 글러브를 들고 있었다. 처음에는 글러브에 사인을 받으려고 들고 왔으려니 했다. 그런데 아니었다. 사인을 청하지 않는 애들도, 아니 다 큰 어른들까지 글러브를 들고 앉아 있었다.

이유는 시합이 시작되고 나서 바로 알았다. 그들은 관중석으로 날아오는 파울볼이며 홈런 볼을 잡으려고 글러브를 가져온 것이었다. 오히려 그게 여기 온 목적이 아닐까 싶을 만

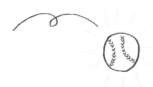

큼 공을 잡는 데 열중하고 있었다.

　관중석으로 공이 날아오면 낙하 방향을 향해 거대한 인간의 물결이 인다.

　일본에서는 공을 피하려고 물결이 이는 것과 정반대다.

　누가 보기 좋게 공을 잡으면 시합과는 상관없이 주위에서 갈채가 쏟아진다. 잡은 공은 돌려줄 필요가 없기 때문에 다들 가져간다. 그러니 기를 쓰고 잡는 것이겠지만, 곁에서 지켜보기만 해도 흥이 날 정도로 즐거워 보인다.

　그러니 관객에게 당연히 네트는 걸리적거리는 방해물이다. 위험은 알아서 살핀다. 그 때문에도 시합 전개를 열심히 지켜본다. 공이 어느 방향으로 날아가는지 늘 신경 써서 보는 건 시합을 더욱 재미있게 보기 위해서인 동시에 자신도 그 시합에 참가하기 위해서, 그리고 안전을 위해서다.

　가끔씩 산들바람에 실려 땅콩 파는 사람과 맥주 파는 사람, 솜사탕 파는 사람의 외침 소리가 절묘한 하모니를 이루며 들려온다. 즐거운 긴장감과 한가한 분위기 속에서 선수와 관중의 거리가 가깝고 자유롭게 관전할 수 있는 야구 경기는 마치 동네 야구 같다.

결코 최신 설비를 갖춘 훌륭한 구장이라고 할 수 없는 미국 지방 도시의 야구장에는 야구의 원점이 지금도 살아 있다는 생각이 든다. 그래, 이게 바로 본고장의 맛일지도 모르겠다고 깊이 납득했다.

위대한 연출가

    워싱턴 DC는 무서운 도시라고 말하는 사람이 많다. 열 달 전 일본을 떠날 때 모두가 "꼭 조심해라"라고 했다. 그런 선입견이 있었던 탓에, 나도 처음 살기 시작했을 때는 밤에 외출하는 건 당치도 않다고 단정하며 아파트 창문으로 야경을 내다보기만 했다.

    워싱턴은 따분한 도시라고 하는 사람도 있다. 한 나라의 수도치고 살풍경해 보이는 모양이다. 시내에는 국회의사당보다 더 높은 건물을 지을 수 없다는 규제가 있어 소위 마천루가 존재하지 않는다. 높아봤자 12층 정도다. 중심가는 퇴근 시간이 지나고 나면 왕래가 줄어 순식간에 고요해진다. 밀집 상점가는 조지타운을 제외하면 거의 찾아볼 수 없어 거리의 활기를 느끼기가 어렵다.

워싱턴의 첫인상은 그랬다. 미국 생활을 일 년간 체험하려고 온 건데 이거 혹시 도시를 잘못 골랐나. 그렇게 생각했던 시기도 있다.

하지만 살다 보니 도시의 안쪽이 보인다. 늘 다니는 거리, 맛있는 음식점, 안면이 생긴 노숙자 아저씨, 좋아하는 장소, 길을 잃고 들어선 주택가. 나 자신의 추억이 거리 곳곳에 구축되는 사이에, 언뜻 보면 단조로운 워싱턴의 매력이, 마치 쏟아진 잉크가 테이블센터에 스며들듯 서서히 마음속에 침투하기 시작한다.

애초에 내가 워싱턴에 온 이유는 '스미스소니언 박물관'이었다. 몇 년 전 일본에서 스미스소니언 직원분을 만날 기회가 있었는데, 그때 처음으로 이 박물관이 얼마나 훌륭한 곳인지 알았다.

"자연사박물관, 미국역사박물관, 항공우주박물관, 국립미술관 등 다 합해서 열다섯 부분으로 구성돼 있거든요. 전부 입장료는 무료. 하루에 몇 번을 드나들든 자유랍니다."

스미스소니언의 설립은 19세기 중반, 영국인 과학자 제임스 스미스소니언 씨가 '세계 지식의 집적과 전파를 위해'라는 유언과 함께 전 재산을 남긴 데서 시작된다. 그렇기 때문에 바물관을 단순한 '유적과 예술품 전시장'으로 보지 않고, '즐기며 배우는 장소'로서 남녀노소 다양한 사람들에게 온갖 지식과 정보를 제공하기 위해 끊임없이 노력한다.

"어떤 환경에서, 어떤 광선을 받아, 어떤 각도로 관람객에게 전시물을 보이는 게 가장 효과적이고 알기 쉬운지, 그리고 관람객이 즐길 수 있을지 생각합니다. 전시 디자이너라는 전문가가 있거든요. 전시 케이스만이 아니라 전시실 설계와 인테리어, 조명, 음향에 이르기까지 철저하게 계획을 세워 박물관을 만들어나가는 겁니다."

그런 뛰어난 전문가를 비롯해서 연구자와 큐레이터, 학자까지 정식 직원이 약 6천 명. 그리고 그들을 보조하는 자원봉사 스태프가 약 5천 명이라고 한다. 그때까지 박물관이란 따분하고 재미없는 곳, 미술관은 젠체하는 곳이라고 생각했던 내게는 그야말로 청천벽력 같은 이야기였다.

"대단한데요! 그런 곳에서 저도 자원봉사자로 일할 수 있으면 재미있겠네요."

무심코 중얼거린 게 발단이었다. 해설해준 스미스소니언의 샬린 제임스 부인은 간단한 일이라는 듯 말씀하셨다.

"꼭 오세요. 워싱턴에서 기다릴게요."

고매한 이상을 품고 워싱턴에 가기는 했지만 실제로는 어학 면에 문제가 있었다. 다시 말해 영어를 자유자재로 구사할 수 없는 것이다. 그래서 "간단한 일부터 시작하죠"라는 샬린 씨의 제안으로 스미스소니언 데이케어 센터에서 일하게 됐다. 미국역사박물관에 있는 이곳은 세 살부터 다섯 살에 이르는 아이들 약 마흔 명을 아침부터 저녁까지 맡아주는 어린이집이다.

원래부터 아이들과 노는 걸 좋아했지만, 무엇보다도 매력적이었던 건 그곳 아이들에게 스미스소니언의 모든 시설이 놀이터가 된다는 점이었다. "그럼 오늘은 자연사박물관에 가서 공룡을 보고 올까?" "내일은 동물원에 가자." 그때마다 대부분 아이들의 부모인 그 방면 전문가가 동행하여 관내를 안내하며 알기 쉽게 설명해준다. 아이들 손을 잡고 스미스소니언 안을 함께 돌아다닐 수 있다니 정말 멋지지 않은가. 이렇게 해서 나는 일주일에 한 번 '영어가 다소 서툰 보모 선생님'이 됐다.

이따금 아이들이 '착하게' 행동한 날이면 상으로 스미스소니언 연구소, 통칭 '캐슬' 앞에 있는 회전목마를 타러 가곤 했다. 박물관 부지 내에 왜 회전목마가 있는지는 알 수 없지만 이게 제법 근사하다. 어딘지 모르게 구슬픈 오르골 음악을 들으며 목마에 올라타면 의사당, 워싱턴 탑이 빙글빙글 돈다. 문득 보면 잔디밭에 다람쥐가 서서 우리를 보고 있다. "저기 봐, 다람쥐가 있어." 흥분해서 소리치는 사람은 나뿐이고 애들은 지겹게 봤는지 "알아"라고 한마디. 나는 이 느긋한 회전목마도 워싱턴의 명소 중 하나라고 몰래 생각하고 있다.

가끔 어른의 기분에 젖고 싶으면 국립미술관에 간다. 이렇다 할 예술적 교양은 없는 터라 늘 산책 겸 들렀다는 기분으로 간다. 아름답다 싶은 그림을 몇 점 본 뒤 피곤하면 관내에 있는 가든코트의 벤치에 멍하니 앉아 졸졸 흐르는 물소리를 듣는다. '슬슬 배고픈데' 싶으면 일어나 아래층에 있는 기념품 코너에 가서 그림엽서 몇 장을 사고 집에 간다.

한번은 일본에서 온 친구를 데리고 미술관을 찾았을 때 이런 일이 있었다. 친구가 "사진 찍어도 돼?" 하고 묻길래 "저기 경비 아저씨한테 물어보자"라며, 유니폼을 입고 덩치가 우람한 흑인 경비원에게 물었다.

"May I take a picture?"

그러자 아저씨는 무척 진지한 표정으로 검지를 내 눈앞에서 좌우로 내저었다.

"You can't take pictures. You can take photos."

그러고는 우하하 웃었다.

순간 뭐지? 싶어 당황했다가 이 농담의 의미('그림은 가져가면 안 돼, 사진은 찍어도 되지만')를 깨닫고 나는 아저씨에게 "아휴 참" 하고 화내는 척했다. 아저씨는 신나게 웃으며 옆방으로 사라졌다.

농담 사건 이래로 나는 이 미술관이 더욱 좋아졌다.

스미스소니언 외에도 워싱턴에는 아담한 미술관이 여럿 있다. 듀폰서클에서 도보로 오 분 거리인 필립스 컬렉션은, 20세기 초의 미술 평론가이자 수집가이기도 했던 부호 덩컨 필립스 씨의 컬렉션이 그의 호화로운 저택에 일반 공개되어 있다. 지금도 집주인이 "어서 오세요" 하고 맞아줄 것처럼 가정적 분위기가 넘치는 각 전시실에서 가끔은 소파에 앉아 그림을 감상할 수도 있다. 일요일이면 응접실에서 콘서트가 열린다고 한다.

여러 역사적 전시물이며 회화의 가치는 솔직히 잘 모른다. 하지만 전시된 것을 보다 보면 작품에 부수되는 이야기와 역사, 연관된 사람들의 마음까지 생각하게 된다.

필립스도, 스미스소니언도 공통적인 사고방식이 느껴지는 것 같다. '어떻게 하면 방문객을 즐겁게 해줄 수 있을까?'라는 생각이다. 미국의 이 위대한 연출 능력 앞에서 나는 늘 탄복하게 된다.

미국에서도 밥이 최고

배가 고프면 혼자서 이것저것 만들곤 한다. 부모님에게서 독립해 혼자 살기 시작한 게 딱 서른 살 때였다. 그 뒤 이사 세 번을 경험한 다음 불현듯 결심하고 미국 워싱턴 DC에서 역시 혼자만의 생활을 시작했다.

나라가 바뀌면 먹는 음식도 달라질까 했는데 내 경우 기본적으로 큰 차이는 없었다. 생각하면 당연한 일이다. 요는 먹고 싶은 게 똑같은 것이다.

초반에는 어디서 뭘 사면 될지 몰라 밖에서 먹을 때가 많았다. 아는 미국 사람 집에 초대받거나 친구가 레스토랑에 데려가 주거나 하는 식이다. 그 나라를 알려면 먼저 음식부터. 그 나라 사람들의 전형적 식생활에 익숙해지면 몸도 마음도 그곳에 익숙해진다는 게 나의 외국 문화 습득법이다. 그래서 실행에 옮겨봤는데, 한 달 만에 일본 음식이 그리워졌다.

뭐니 뭐니 해도 저녁 먹으러 햄버거 가게에 가자고 하는 나라였으니 말이다. 오늘 저녁엔 뭘 먹을까 생각하는데 그런 말을 하니 충격이 이만저만이 아니다. 하지만 데려가 주는 사람에게 실례이니 "와, 좋아라!" 하고 손뼉을 치며 따라간다. 메뉴를 이리저리 살펴봐도 그런 집은 대개 그냥 햄버거와 치즈버거, 칠리버거 같은 것밖에 없다. 나머지는 샐러드나 감자튀김, 수프가 있는 정도다. "사와코, 뭐 먹을래? 여기 치즈버거 제법 괜찮은데" 하고 추천해주지만 그런 문제가 아니다.

딱히 햄버거가 싫은 건 아니고, 양이 부족하다는 말도 아니다. 일본 햄버거에 비하면 속에 든 고기가 감동적일 만큼 맛있다. 주문할 때 "고기는 어떻게 구울까요?" 하고 묻는다. 스테이크를 주문할 때처럼 "웰던? 미디엄? 레어?"인 모양이다. 그 정도로 고기가 두껍고 큼지막하다. 모자라기는커녕 어디서부터 먹어야 할지 알 수 없을 만큼 거대한 햄버거가 산더미 같은 감자튀김, 채소와 더불어 나오니 다 먹지 못할 때가 많을 지경이다.

동행자가 "어때? 마음에 들었어?" 하고 묻기에 또 별생각없이 "응, 굉장히 맛있었어"라고 대답한다. 실제로 맛있다는 말은 거짓말이 아닌데, 맛 말고 다른 게 불만이다.

새로 생긴 피자집에 저녁 먹으러 가자는 말을 들었을 때도 조금 슬펐다. 피자 또한 일본에서는 본 적이 없을 만큼 스케일이 크고 종류도 다양하다. 도(dough)가 따끈따끈한 게 갓 구운 빵 같았지만 내 마음은 영 개운치 않았다.

오는 길에 "요구르트 먹으러 가자"라는 말이 나올 때도 있다. 같은 요구르트라도 유리병에 든 종류가 아니다. 다이어트에 열심인 동시에 아이스크림이라면 사족을 못 쓰는 미국인들이 칼로리와 지방이 적은 요구르트를 소재로 개발한, 요는 아이스크림이다. 맛도 아이스크림과 별 차이가 없다. 그러니 아무리 지방이 적어도 달기는 달다. 그렇게 살 빼고 싶으면 아이스크림을 안 먹으면 될 텐데 싶지만 그럴 수는 없는 모양이다. 미국 사람들은 정말로 무슨 일만 있으면 아이스크림을 먹는 국민이다. 그것도 엄청난 양을.

"사와코는 뭐로 할래?"

다양한 종류의 프로즌 요구르트가 즐비한 카운터 앞에서 또 묻는데, 사이즈가 얼마나 클지 생각하면 늘 가슴이 꽉 막힌다.

그렇게 그날 저녁 식사를 마치고 아파트로 돌아오면 베개를 끌어안고 생각한다. 오늘 하루 대체 뭘 먹었더라? 콘플레이크와 저지방 우유로 시작해서 점심엔 닭고기 샐러드, 샌드위치와 커피. 그리고 저녁으로 피자와 다이어트 콜라, 아이스크림. 확실히 배는 부르지만 '아아, 잘 먹었다, 만족스럽다' 하는 행복한 기분이 들지 않는 걸 어쩌면 좋을까.

워싱턴에 오기 전에는 직접 음식을 해서 먹는 끼니는 점심이 가장 많았다. 당시엔 텔레비전 심야 프로그램에 출연했기 때문에 매일 새벽 두 시 넘어 집에 왔다. 세수하고 양치하고 하다 보면 잠자리에 드는 건 대개 새벽 너덧 시. 다음 날은 필연적으로 늦잠을 자기 때문에, 바로 나가야 할 일만 없으면 아침 겸 점심이 그날의 첫 끼니가 되곤 했다.

메뉴는 늘 먹는 게 몇 가지 있다. 그중 하나가 토마토 스파게티. 잘 익은 토마토를 잘게 썬 마늘과 함께 버터로 볶아 소금 후추로 간을 맞추고 갓 삶은 스파게티에 얹는 게 전부다. 이십 분이면 완성할 수 있고 맛이 단순하니 물리지도 않는다. 식욕이 없을 때도 이거라면 대체로 맛있게(은근슬쩍 자화자찬해본다) 먹을 수 있는 터라 자주 했다.

또 하나 많이 만들었던 게 잡채다. 재료는 돼지고기 뱃살과 채소다. 부추, 표고버섯, 가지, 죽순, 파, 당근, 셀러리. 냉장고에 있는 무슨 채소든 상관없다. 웍에 돼지고기와 함께 잘 볶아서 익으면 찬물에 불려놓았던 당면을 섞는다. 채소에서 나온 국물이 당면에 배어들면 간장, 후추 등으로 간을 맞추는 걸로 완성이다. 이것도 간단해서 좋아하는 메뉴다.

이렇게 돌이켜 보면 딱히 일본 음식을 고집하지는 않은 것 같다. 잡채와 스파게티 외에도 샌드위치와 햄버거도 즐겨 먹었다. 원래 좋고 싫은 게 없는 편이라 뭐든 맛있게 먹는 데는 비교적 자신이 있었다. "자네는 몸집은 작으면서 잘 먹는군" 하고 다른 사람에게 칭찬받은 적도 종종 있다.

하지만 굳이 말하자면 저녁에 밥을 먹어야 편한 감은 있었을지 모른다. 그런데 이게 외국에 와서 극단적으로 표면화된 것이다.

미국 생활이 다섯 달을 넘겼을 무렵부터 내 식탁에는 반드시 붉은 생강절임과 김과 매실 장아찌, 어머니가 보내준 머위 조림이 올라오게 됐다. 가끔은 낫토와 가다랑어포도 등장한다. 주된 반찬이 뭐든 이 반찬들을 직접 지은 캘리포니아산 흰쌀밥에 얹어 한 입만 먹으면 바로 위가 편해지고 나도 모

♥음~ 생강절임이 최고야♥

르게 "아아, 행복해" 하고 중얼거리게 됐다.

대체 언제부터 이렇게 '일본 아줌마'가 됐을까. 아무래도 미국 생활을 계기로 일본인스러움이 한 단계 높아진 것 같다.

물론 햄버거와 피자도 일상적으로 먹고 있고, 내 자랑거리인 잡채나 스파게티를 만들 때도 있다. 식생활의 범위가 더욱 넓어져 케이준 음식이라든지 파인애플 소스를 곁들인 로스트 햄, 클램차우더 등도 좋아하는 음식 레퍼토리에 추가되었다. 하지만 사이사이에 일본의 식욕 증진 음식을 끼워 넣지 않으면 기운이 영 안 난다.

음식은 곧 문화다. 먹는 데서 내가 가장 큰 감동을 느낄 때는 갓 지은 밥에 붉은 생강절임 세 조각을 얹고 그 위에 간장을 살짝 떨어뜨려 먹는 순간이다.

향수의 크로켓

미국에 일 년 살면서 먹고 싶었던 일본 음식은 쌀겨에 절인 맛있는 가지와 오이, 메밀국수, 연어알을 얹어 차에 말아 먹는 밥, 장어 덮밥, 일본 과자 가게의 슈크림(미국의 케이크는 대개 너무 크고 달다) 등 여러 가지가 있었지만, 뜻밖에 그중에서도 크로켓이 제일 생각났다. 그것도 아카사카 히토쓰기 거리에 있는 이나게야 정육점의 감자 크로켓이 먹고 싶다. 그 맛이 그리워 한숨을 쉰 적이 몇 번이나 있다.

예전에 방송국에서 일하던 시절, 시청률이 상승하면 '크로켓 파티'가 열리곤 했다. 말이 파티지, 회의실 커다란 탁자의 자료와 쓰레기, 재떨이를 구석으로 밀어놓고 젊은 스태프가 사 온 산더미 같은 크로켓을 정육점 포장지에 싼 채로 늘어났을 뿐인 아주 간소한 자리다. 갓 튀겨 뜨끈뜨끈한 감자 크로켓과 다진 고기 크로켓을 한 손에 들고, 다른 한 손에는 맥주를 따른 종이컵을 든다.

"축하합니다, 축하합니다."

기쁜 표정의 프로듀서와 크로켓만 챙겨 바로 다시 편집 작업으로 돌아가는 디렉터, 그럴 계제가 아니라는 듯 황급히 달려가는 AD 등 정신없는 분위기 속에서 열리는 간식 시간 같은 것이었다. 담배 연기와 맥주 냄새를 곁들여 먹는 크로켓은 별반 감격할 만큼 맛있지는 않았다고 기억하건만, 먹을 수 없는 상황이라서 그립게 느껴졌는지도 모른다.

먹고 싶어 견딜 수 없었던 경험 때문인지, 귀국하고 꽤 오래 지난 지금도 아카사카의 이나게야 정육점 앞을 지날 때면 멈춰 서고 싶은 충동에 시달린다. 오늘은 크로켓을 들고 다닐 상황이 아니라고 자신을 타이르며 곁눈으로 진열장을 빤히 쳐다본다. 그러다가 정육점 아저씨와 눈이 마주친다.

'오랜 세월 동안 변함없이 크로켓의 맛을 지켜주셔서 감사합니다.'

감사의 마음을 담아 고개를 까닥 숙이면, 사지도 않으면서 인사하는 이 인간은 뭔가 하는 의아한 표정으로 아저씨가 답

례한다.

몇 년이 지나도 변함없는 맛의 크로켓은 우리 집에도 존재한다. 내가 철들기도 전부터 어머니는 크로켓을 만들어왔다. 누구에게 배웠는지 모르지만 어머니의 크로켓은 간 쇠고기를 넣은 크림 크로켓인데 만들기가 약간 귀찮다. 간 고기와 양파, 채 썬 셀러리를 각각 기름으로 볶아 소금 후추로 간한 다음, 별도로 만들어놓은 화이트소스와 합쳐 식힌다. 식어서 적당히 굳은 크림을 네모나게 빚어 밀가루와 빵가루를 묻혀 튀기기만 하면 되는데, 문제는 크림의 굳은 정도다. 최종적으로 네모나게 빚을 정도로는 굳어야 하지만 너무 굳으면 또 맛없다. 굳기가 딱 적당한 화이트소스를 만들기가 꽤 어렵다.

유치원 때 어머니가 부엌 바닥에 앉아 크로켓을 빚는 모습을 발견했다.

"나도 도울래!"

하고 달려갔다가 크로켓 더미를 들이받고 말았다.

크로켓은 전멸해 그날 저녁 메뉴가 갑작스레 다른 것으로 변경 …… 됐는지 아닌지는 기억나지 않지만, 크나큰 실수를 저지른 순간의 거북한 분위기는 뇌리에 똑똑히 새겨져 있다.

그 이래로 어머니가 크로켓을 만들 때는 거들기가 망설여진다. 다른 음식은 도와도, 크로켓 만들기의 중요한 단계만은 내가 손을 대면 뭔가 사달이 날 것 같다. 그 때문인지 이 나이 먹도록 어머니에게 정식으로 크로켓 만드는 법을 배우지 않았다. 그 크로켓에 한해서만은 직접 만들지 않고 어머니가 만든 걸 먹고 싶다.

스미스소니언의 플루트 아저씨

미국 워싱턴 DC에 살 때 스미스소니언 박물관에 자주 갔다. 박물관에 가려면 지하철이 편리하다. 스미스소니언 역에서 내려 긴 에스컬레이터를 타고 올라가면 잔디밭이 깔린 널찍한 공원 앞으로 나온다. 몰이라고 불리는 공원을 끼고 미국역사박물관, 자연사박물관, 국립미술관, 항공우주박물관, 현대조각미술관 등 스미스소니언의 건물들이 늘어서 있다.

어느 곳이나 입장료가 무료라 하루에 몇 번을 드나들어도 혼나지 않는다. 견학하다 지치면 일단 나와서 잔디밭에 드러누워 콜라를 마시거나 야생 다람쥐와 놀며 낮잠을 잘 수도 있다.

그런 한가로운 스미스소니언 역 앞에 매일 오후 네 시 지나 꼭 나타나는 거리 음악가 한 명이 있었다. 키 큰 흑인인데 검은 가방에서 은색으로 빛나는 플루트를 꺼내 연주를 시작했다. 그런데 실력이 제법이었다. 경쾌한 리듬으로 몸을 크게 흔들며 연주하다 가끔 이야기도 한다. 멈춰 서지 않고 그냥 지나가는 사람들에게 "아니, 이런, 내 음악을 안 듣다니. 내가 이래 봬도 세계 최고의 플루트 연주자야"라고 말을 걸어 주위 사람들을 웃긴다. 그야말로 대로변의 엔터테이너다. 날이 차차 저물고 저녁 바람이 불기 시작할 무렵이면 플루트 음색과 웃음소리가 너른 몰에 울려 퍼지곤 했다.

미국에서는 도시 곳곳에서 거리 음악가를 찾아볼 수 있다. 지하철 통로, 번화가 인도, 광장, 공원, 도처에 온갖 종류의 거리 음악가가 있다. 재즈 세션 규모의 연주도 있다. 다들 자기 앞에 가방이며 모자를 놓고 팁을 기대하지만, 꼭 돈이 궁해서라기보다 평가를 원하는 것처럼 보인다. 자신의 연주가 마음에 들면 그 표시로 동전을 놓고 가라는 식의 자유로운 분위기다.

나는 그런 거리 음악가가 좋았다. 도시 경관을 해치지 않고 오히려 도시의 악센트가 되어 길 가는 사람들과의 교류를 즐기는 그들이 부럽기까지 했다.

지금도 가끔 스미스소니언 역 앞에 있던 플루트 아저씨가 생각난다. 그는 여전히 그 자리에서 여행자를 놀리며 연주하고 있을까. 아니면 다른 도시에서 건강하게 지내고 있을까. 오후 네 시경 산들바람이 불기 시작하면 신기하게도 그때 그 플루트의 음색이 머릿속에서 되살아난다.

소란스러운 거리

일본은 언제부터 이렇게 쓸데없는 소리를 내게 됐을까. 역 플랫폼에 서면 요란한 신호음과 함께 "지금 ○번 선에 열차가 들어옵니다"라는 친숙한 테이프 음성이 들리고, 옆 에스컬레이터에서는 역시 테이프 음성이 "난간을 잡아주세요"라고 지겨운 줄도 모르고 반복한다. 열차가 출발할 때는 세련된 (그런 말을 들을 듯한) 전자음으로 발차 벨이 울리고, 또다시 테이프 음성으로 "열차가 출발합니다"라고 한다. 이어서 영어로 같은 내용을 반복한 뒤, 이번에는 육성으로 차장이 "출발합니다" 하고 소리친다.

역만 그런 게 아니다. 차를 타고 주차장에 가면 "카드를 뽑아주세요"라며 귀여운 목소리가 맞아준다. 뽑지 않으면 몇 번이고 되풀이한다.

알아요, 안다고요, 뽑을 테니까 재촉하지 마요! 하고 소리
지르고 싶어진다.

도대체가 상식적인 인간이라면 지시를 받지 않아도 주차
장 게이트에서 카드를 뽑는 것쯤 알지 않나. 혹시 모르더라도
기계에서 카드가 튀어나오면 뭘 해야 하는지 판단할 수 있을
것이다.

불평하는 김에 하나 더 들면, 은행도 마찬가지다. 현금 인
출기가 시끄러운 데에는 매번 놀라게 된다. "카드를 넣어주
세요" "비밀번호를 눌러주세요" "현금을 꺼내주세요" 등 한
대만 떠들어도 충분히 시끄럽건만, 대여섯 대 나란히 늘어서
서 똑같은 말을 외쳐댄다. 게다가 은행 입구에서는 누가 지나
갈 때마다 "어서 오세요" "감사합니다"를 부르짖고, 안쪽 카
운터에서는 "○○번 고객님, ○번 카운터로 오세요" 하고 테
이프로 안내 방송이 나온다. 반응이 없으면 그제야 창구 담당
자가 육성으로 "○○번 고객님 안 계시나요?" 하고 부른다.

업무가 바쁘다는 건 나도 잘 안다. 합리화를 생각하고 싶은

사정도 이해하겠다. 안전성을 중시해 세심한 서비스가 중요하다 생각하는 것일 수도 있다. 하지만 과도한 서비스나 전자음이 인간이 본래 가지는 '스스로 생각해 행동하는 능력'과 '잡음을 불쾌하게 느끼는 감성'을 얼마나 파괴하는지도 같이 고려해주면 좋겠다.

요새는(오래전부터 있던 것도 있지만) 마음을 달래준다는 목적으로 컴퓨터로 합성한 새소리며 시냇물 소리가 범람해서 마음을 달래주기는커녕 오히려 어지럽히는 느낌이다.

얼마 전에도 가나자와의 어느 호텔 앞을 지나가는데 가을 벌레의 맑은 울음소리가 들려왔다.

"어머, 이거 진짜 벌레인가?"

"에이, 전자음일걸. 진짜가 이렇게 또렷하게 들리도록 울 리 없어."

"다가가도 그치지 않네. 역시 인공음이겠지."

같이 있던 동료와 멋대로 납득하고 함께 분개했다. 좋아, 호텔 측에 한마디 하자. 이렇게 자연이 풍부하고 문화의 향기 그윽한 도시에서 쓸데없는 장치는 되레 흥을 깨뜨린다고. 화가 난 여세를 몰아 프런트로 쫓아가서 되도록 냉정한 목소리로 질문했다.

"저, 이상한 걸 여쭤봐서 죄송하지만 입구의 벌레 소리는 인공음인가요?"

그러자 호텔 직원은 온화한 얼굴로 대답했다.

"아닙니다, 저희 호텔에 그런 설비는 없습니다. 아마 진짜 벌레가 아닐까 싶습니다만 ……."

그거 봐라. 전자음에 길든 인간은 벌레 소리의 아름다움조차 분간 못 하게 되지 않았나.

최소한 담배 연기만은

담배 연기가 싫다. 너무너무 싫다. 아무리 그렇게 말해도 연기는 내가 좋은가 보다. 도망쳐도 도망쳐도 쫓아온다. 둥실둥실 슬금슬금 다가온다. 숨을 참아보다가 결국 기침을 하며 연기를 노려본다. 그럼 즉각 연기 주인이 들고 있던 담배를 높이 쳐들며 "미안, 미안, 왜 그쪽으로 가나 몰라"라며 나머지 한 손으로 연기를 자기 쪽으로 불러들이려고 노력한다.

이렇게 민감하고 마음 착한 흡연자를 만나면 내 마음은 금세 천사가 된다.

"아, 괜찮습니다. 신경 쓰지 마세요."

짜증 난 걸 들켰나. 미간의 주름이 보였나. 불쾌한 표정을 지어 죄송했다고 반성한다. 하지만 어쨌거나 이걸로 내가 연기를 불편해한다는 사실은 상대방에게 전달됐을 터다. 이제 내 앞에서 적극적으로 연기를 내뿜지는 않을 것이다.

하지만 내가 뭘 몰랐다. 그런 기대를 하는 것 자체가 잘못이었다. 적은 내가 '괜찮아요'라고 했다는 사실을 빌미로 더 열심히 연기를 뿜어댄다. 그리고 천사 같은 말을 이미 해버린 나는 여자로서의 체면을 걸고 악마 같은 얼굴로 돌아갈 수 없게 된다.

전에는 지금만큼 담배가 싫지 않았다. 아니, 그보다 '싫어요'라고 명확히 말할 수 있는 분위기가 아니었다. 그야말로 흡연자 천하였다. 일하다 보면 다섯 명 중 네 명은 언제 어디서나 아랑곳하지 않고 연기를 뻐끔뻐끔 내뿜곤 했다.

동료와 스키장에 간다. 눈 덮인 산의 맑은 공기를 한껏 들이마시고 아아, 자연은 참 훌륭하다고 감동한다. 밤에는 술자리가 벌어진다. 다다미를 깐 큰 방에 모여 한 시간, 두 시간 있다 보면 스모그가 낀 것처럼 실내 공기가 탁해진다.

"그럼 내일 봐요. 푹 쉬세요."

삼삼오오 해산해서 자기 방으로 돌아온다. 그제야 비로소 자기 몸이 얼마나 담배에 절었는지 알게 된다.

스웨터를 벗는다. 욱, 냄새 한번 엄청나다. 머리를 빗는다.

웬 냄새가 이렇게 심해. 심지어 속옷까지도 재떨이에 절인 것 같다.

어째서 이렇게 공기가 상쾌한 산속까지 와서 숨이 막혀야 한다는 말인가. 머리만 흔들어도 부유하는 담뱃진의 냄새에 시달리며 겨우 잠이 드는 형편이다.

그래도 당시는 냄새의 원흉에게 항의할 용기가 없었다. 어쩔 수 없다고 포기했다. 싫으면 담배 피우는 사람들 곁에 오래 있지 않으면 된다. 체념하고 도망치는 걸로 해결하려 했다.

얌전하게 참았던 이유 중 하나는 그들이 나를 싫어할까 봐 두려워서였다. 아직 젊었던 미혼 아가씨 시절(지금도 어쨌든 미혼은 미혼이지만) 신사분 앞에서 "담배 피우지 마세요!" 하고 고압적으로 발언했다간 흰 눈으로 볼 게 틀림없다. 흡연자들은 마주 보며 수군거릴 게 틀림없다.

"허허, 독한 여자로군. 저러니까 결혼을 못 하는 거야."

중과부적, 입바른 소리를 해봤자 소수의 의견은 웃으면서 무시당하기 십상이다. 화기애애하게 식사를 시작하려는 때, 또는 대화를 하려는 때 분위기를 깨는 짓은 할 수 없었다.

그 뒤 나는 미국에서 일 년을 생활했다. 그랬더니 이럴 수가, 담배 피우는 사람을 찾아볼 수 없었다. 재떨이가 없다. 연기가 흘러오지 않는다. 거리를 걸어도 역 플랫폼에 서도 건물에 들어가도 공기는 더없이 깨끗하다. 점심시간에 건물 입구 부근에서, 또는 지하철 통로 한구석에서 눈에 안 띄게 연기를 내뿜는 직장인이 몇몇 보이는 정도다.

한번은 친한 미국 사람 집에 초대받았다. 물론 아무도 담배를 피우지 않는다. 그런데 파티가 끝나갈 무렵 한 사람이 웃으며 말을 꺼냈다.

"저번 파티, 걸작이었지."

그러자 또 한 사람이 생각났다는 듯 말했다.

"그러게, 얼마나 웃기던지."

이런 이야기였다. 나를 빼고 거의 같은 멤버가 모인 지난번 파티에서 식사가 끝나자마자 한 사람이 일어나 "잠깐 실례"라고 했다. 어디 가느냐고 물었더니 "아니, 잠깐 옥상에 좀"이라고 대답했다. 목적은 담배다. 하지만 다른 손님들 앞에서 대놓고 말하면 눈살을 찌푸릴 염려가 있다. 몰래 실행하지 않으면 매너 위반이라고 생각했던 모양이다.

그런데 말 떨어지자마자 "어머, 나도" "그럼 나도" 하고 줄줄이 일어섰다. 결국 그 자리에 있던 사람들 전원이 옥상으로 올라가는 사태가 발생해 식탁이 텅 비었다.

나는 깨달았다. 미국 사람도 담배를 좋아했던 것이다. 애연가가 격감한 것처럼 보이지만 사실 담배를 좋아하는 사람 수는 별로 줄지 않은 게 아닐까. 다만 사회 풍조가 '담배는 해악'이라는 방향으로 흐르면서 딱 끊지 못하는 사람, 즉 자기 통제가 안 되는 사람은 무능력한 것으로 간주된다. 그 때문에 실은 피우고 싶은데 참는 사람도 많을 것이다.

갑자기 미국 사람들이 불쌍해졌다. 그렇게까지 엄격하게 굴지 말고 조금쯤은 피우게 해줘도 되지 않나. 담배를 피우지 않는 내게 미국은 쾌적하기 그지없는 나라지만, 피우는 사람들에게는 가혹할 게 틀림없다.

흡연자를 동정하는 마음을 품고 귀국하기 무섭게 나는 악마로 돌변했다.

괴롭다. 도쿄는 어디를 걸으나 숨이 막힌다. 일 년간 담배와 연이 없이 생활한 결과, 나는 도저히 담배를 받아들이지 못하는 체질이 된 듯했다. 또 담배 냄새에 무척 민감해져 있었다.

귀국한 직후 전에 일했던 방송국을 찾아갔는데, 현관을 들어서자마자 냄새가 났다. 복도를 걷다 보니 혀가 꺼끌꺼끌해졌다. 점차 머리가 아팠다. 방에 들어가자 담배를 든 아는 사람이 나를 불러 세워 말했다.

"왜 그래? 술이라도 마시고 왔어? 얼굴이 시뻘게."

술 안 마셨거든요. 당신 손에 들린 그 흰 막대기 때문에 나 지금 쓰러지게 생겼거든요. 미국에 이렇게 담배 냄새 진동하는 직장은 없었다고요!

그러자 프로듀서는 하하 웃으며 말했다.

"미국 물 좀 먹었나 보네."

애연가는 이렇게 낙천적이고 자기중심적이다. 게다가 논리를 바꿔치기하는 데 능하다. 문제는 담배인데도 오히려 민감하게 반응하는 내가 잘못이라는 듯한 눈초리였다. 한낱 담배 연기가 타인에게 그 정도로 심각한 폐를 끼친다는 생각은 눈곱만큼도 하지 않는다. 적어도 자기 연기는 예외라고 믿는 모양이다.

어느 겨울날 회의실에서 담배 연기를 견딜 수 없어서 창문을 열었다. 그러자 한 애연가가 야단쳤다.

"창문을 왜 열어? 추우니까 닫아!"

"담배 연기 때문에 숨 쉬기 힘들어요. 간접흡연으로 죽긴 싫다고요."

그러자 그는 태연한 표정으로 이렇게 대구했다.

"아, 그 학설은 벌써 시대에 뒤떨어졌어. 간접흡연으로 암에 걸리진 않는다고."

그러고는 창문을 탁 닫았다.

또 한번은 회의 중에 조심스레 부탁한 적이 있다.

"최소한 시차를 두고 피워주시면 안 될까요? 한꺼번에 다 같이 피우면 전 너무 힘든데요."

그러자 애연가 여러분은 이렇게 말씀하셨다.

"그렇지만 누구 한 사람이 피우기 시작하면 나도 피우고 싶어진단 말이지. 참 이상한 일이야."

꼭 남 일처럼 의견을 말씀하실 뿐, 반성하는 빛도 개선하는 기색도 보이지 않았다.

가끔은 이런 사람도 있다.

"다른 사람 담배 연기는 진짜 싫지. 그래서 난 여행할 때 꼭 금연석에 앉아."

그렇게 담배의 폐해를 인식하면서도 자신이 피울 때는 연기가 해악으로 보이지 않나? 사기 옆 사람의 괴로움이 잘 느껴지지 않는 모양이다.

다시 말해 근본적으로 '연기 때문에 힘든 것'과 '담배를 피우지 못해 괴로운 것'을 비교할 경우, 후자가 절대적으로, 압

도적으로, 신에게 맹세코 훨씬 강하다는 신념을 갖고들 계신다. "못 참겠는데 어쩔 수 없잖아"라고 하면 흡연이 정당화된다고 생각들 하신다.

물론 담배는 기호 문제다. 피우고 싶은 사람 마음은 이해한다. 그렇기에 나도 일본이 미국 같은 나라가 되기를 바라는 건 아니다. 다만 대평원에서 피우는 게 아닌 한, 가까이에 반드시 타인이 존재한다는 사실을 잊지 말아주면 좋겠다. 자신이 피우는 담배의 연기가 어느 쪽으로 흘러가는지 확인하고 조금 방향을 바꾸는 배려 정도는 해주면 좋겠다. 그리고 "아아, 냄새 좋다. 나 담배 연기 진짜 좋더라" 하는 형편 좋은 인간은 그리 많지 않다는 사실도 기억해주면 좋겠다.

겸허한 부탁을 하나 더 드리자면, 담배를 피우다 말고 그냥 두는 것만은 제발 그만두길 바란다. 피우려면 피우고, 아니면 끄자. 피우지도 않으면서 불이 붙은 담배를 재떨이 구석에 올려놓은 채 신문 같은 걸 보지 말자. 혐연가에게 그 연기는 각별히 괴롭다. 그 점만은 자기 자신에게 무르고 타인에게 엄격한 애연가 여러분의 이해를 구하고 싶다. 최소한 그것만은 지켜주시길 부디 부탁드린다.

노란 대문 집

대략 한 달간 집을 비웠다가 돌아와 봤더니 전래동화에 나오는 용궁에 다녀온 어부 같은 기분이 들었다.

거리의 모습이 어딘지 모르게 달라진 것이다.

역 앞 은행의 ATM 코너에서 돈을 인출하려고 평소처럼 걸어갔는데 늘 있던 자리에 없었다. 어라? 한동안 일상생활에서 멀어져 있었더니 바보가 됐나. 여기 모퉁이 아니었나? 주위를 두리번거려도 그림자도 없다.

아무래도 집을 비운 동안 철거된 모양이다. 있어야 할 곳은 공터가 되어 갈색 흙이 얼굴을 내밀고 있었다.

ATM 코너만 철거된 게 아니었다. 동네 건물 몇 채가 사라지고 그 주위가 비닐 시트로 덮여 있었다. 얼마 전까지 골동품 상점이던 곳이 묘하게 밝은 색으로 칠해진 이탈리아 음식점으로 변신했다.

기겁할 노릇이다. 놀라 자빠지겠다. 귀국한 지 2주일이 지났는데 여전히 날마다 기절초풍하고 있다.

그나저나 이렇게 여기저기서 건물을 허물고 새로 짓는다는 건 경기가 회복되기 시작했다는 증거 아닌가. 그렇게 생각해서 직장인 친구에게 물었다.

"그래? 잘 모르겠는데."

택시를 탔을 때 기사 아저씨에게도 물었다.

"글쎄요, 제 주변에선 전혀 나아진 것 같지 않은데요."

뭐, 경기라는 괴물은 문외한이 그렇게 간단히 정체를 알 수 있는 게 아닐 것이다.

아니, 혹시 한 달 동안 못 봤기 때문에 그렇게 급격하게 변한 것처럼 느껴질 뿐, 변화 속도는 지금까지와 다를 바 없을지도 모른다.

세이조 외곽으로 이사 와서 몇 년이 지났다. 도심에서 삼사십 분 거리인 이 지역은 도쿄에서도 유수의 조용한 주택가로 알려져 있다. 그때까지 아무 연관도 없었던 이 지역에 살기로 한 건 우연히 들렀던 그곳 부동산의 아주머니가 무척 인상이 좋은 분이었기 때문이다. 직업상 노골적으로 말할 순 없지만 옛날엔 이보다 더 한가롭고 조용한 곳이었답니다, 아뇨, 지금도 나쁘진 않지만요, 하는 마음이 말끝에서 묻어났다. 지역에 대해 강한 애착을 갖고 있다는 게 느껴졌다.

종종 가는 돈가스집 할머니도 오랜 세월 세이조를 사랑해 온 사람 같다.

"꽤 많이 바뀌었어요. 지금처럼 아파트가 이렇게 많지 않았죠."

온화한 어조로 말하면 나도 모르게 "죄송합니다" 하고 사과해야 할 것 같다. 경관 파괴에 한몫하고 있는, 그런 아파트에 살기 시작한 신참이 바로 나다.

신참은 신참답게 다소 조심스레 동네 산책을 하는 걸 좋아한다. 정기적으로 산책할 만큼 열심은 아니지만, 외출할 일이 없는 날은 되도록 걸어서, 또는 자전거를 타고 나간다. 그리고 늘 조금 멀리 돌아 '좋아하는 길'을 새로 발견하는 게 즐거움이다.

벚꽃 철이면 나뭇가지에 꽃이 가득 피는 호화 저택은 볕이 잘 들 듯한 유리문으로 가려져 있는 데다 마당의 잔디밭도 아름답다. 심플한 디자인의 단층 주택 현관 앞에는 계절마다

각기 다른 예쁜 화분이 놓여 있어, 앞을 지나칠 때마다 마음이 누그러진다.

"어느 집이 좋아?"

친구와 함께 산책할 때는 좋아하는 집을 찾곤 한다. 살 집이면 이 집이 좋지만 놀러 가는 거면 저쪽 큰 집, 내가 청소하려면 힘들 것 같으니까, 하고 꼭 주택 잡지를 보는 기분이다.

역까지 버스를 타고 나갈 때 꼭 지나치는 집이 있다. 노란 페인트를 칠한 철대문 안으로 나무가 제법 울창해서 안의 건물이 보이지 않는다. 언제 봐도 인기척이 없어 대체 사는 사람이 있는지 없는지조차 알 수 없다. 정원수도 결코 손질이 잘됐다고 하기 어렵다. 하지만 수수께끼 같은 분위기에 정취가 있어 좋았다.

어느 날, 여느 때처럼 버스 창문으로 내다보니 대문 앞에 공사용 트럭이 서 있었다. 설마 ……. 나는 순간 두려움에 떨었다.

설마 허무는 건 아니겠지. 여기도 상속세인지 뭔지를 내지 못해서 사라져갈 운명일지도 모른다.

지난 한 달간 여행지에서 이따금 생각나 걱정되곤 했었다. 내가 없는 동안 그 집도 사라지는 게 아닐까 두려웠던 것이다. 그런데 돌아와 보니 어라, 아직 남아 있었다.

해체된 건 그 옆집이었다. 공터가 생긴 덕에 노란 대문 집의 본채가 처음으로 모습을 드러냈다. 산장풍 목조 이층집인데, 벽을 새로 칠한 듯했다. 흰 회반죽이 반짝였다.

"다행이야."

누구 것인지도 모르는 집을 향해 버스 안에서 속삭였다.

재회 택시

밤늦게 신바시에서 택시를 탔다. 올라타기 전, 택시 승차장 옆에 서서 같이 있던 사람들에게 꾸벅꾸벅 작별 인사를 하고, 같은 방향으로 가는 친구와 "택시 타고 갈까? 돈 아까운데 전철 탈까? 어떻게 할래?" 하며 한참 실랑이를 한 끝에 겨우 택시를 타기로 한 것이었다. 아이고, 힘들어라, 하며 좌석에 앉았을 때 취하지 않았다고 한다면 거짓말이다. 하지만 옆에 앉은 남자 친구 쪽이 나보다 좀 더 많이 취해 있었다. 그는 술자리 분위기를 차내에서까지 발휘해, 차가 출발하자마자 택시 기사를 상대로 장난치기 시작했다.

"방금 여자한테 손 흔들었죠? 기사 양반 걸프렌드구나."

"웬걸요, 그런 게 아닙니다. 같은 택시 기사예요. 요새는 이

일대에도 여자 기사가 늘었거든요."

택시 기사는 역시 손님을 대하는 데 익숙한 것 같다. 취객의 실없는 말도 무시하지 않고 적당히 이야기에 응해준다. 아무리 일이라지만 주정뱅이를 상대하며 운전하기 힘들겠다고 생각하며 나도 분위기 맞춰 우하하 웃었다. 그 뒤 택시 기사가 물었다.

"어쩔까요? 고속도로를 탈까요? 상행은 괜찮을 것 같은데요."

"그럼 고속도로로 가주세요."

그렇게 택시 기사에게 대답했을 때, 백미러에 비친 두 눈이 내 눈과 마주쳤다.

"어라? 손님, 아가와 사와코 씨를 닮았군요."

그런 말을 들을 때가 가끔 있다. 솔직하게 "네, 저예요"라고 대답할 때가 있는가 하면 "닮았다는 말 많이 들어요" 하고 얼버무릴 때도 있다. 그날은 순간적으로 후자를 택했다. 깊은 의미는 없었지만 이미 술 취한 모습을 보인 이상 정체를 드러내기가 망설여졌다. 그랬더니 택시 기사, 또 백미러를 유심히 보며 말했다.

"이런, 진짜 많이 닮았네요. 그 사람, 전엔 가와사키에 살았는데 이제 곧 세타가야 인근으로 이사 간다던데요."

몽롱했던 정신이 번쩍 들었다. 그 순간 옆자리의 주정뱅이가 몸을 앞으로 내밀었다.

"잘 아시네, 기사 양반. 어째서 그런 것까지 아는 거죠?"

"전에 태운 적이 있거든요. 그때는 여자 친구분이랑 같이 메구로에 사는 친구 집에 잠깐 들러서 ……."

거기까지 듣고 생각났다. 대략 이 년 전, "금방 돌아올 테니까 오 분만 세워주세요"라는 말을 남겨놓고 결국 꽤 오랜 시간 택시를 기다리게 한 적이 있었다. 그래, 그랬다. 그날은 오늘보다 훨씬 더 취했던 기억이 있다. 술김에 무슨 소리를 했는지 무서워서 기억을 떠올리지 못하겠다.

"우헤."

창피함과 미안함이 뒤섞여 기괴한 소리를 내고 말았다.

"아, 역시 본인이시군요? 하하, 타시기 전부터 혹시 그렇지 않을까 싶었거든요."

그 뒤 나도 옆자리의 주정뱅이도 완전히 의기소침해져서는 그때까지 시끌벅적했던 건 뭐였나 싶을 만큼 조용한 드라이브가 되고 말았다.

기본적으로 택시 기사와는 평생 한 번뿐인 만남이라고 믿

게 마련이다. 좁은 공간에서 얼마 동안 함께 있지만, 아무리 즐겁게 대화해도 또는 아무리 불쾌한 분위기였어도 어차피 두 번 다시 만날 일은 없을 것이라고 만만히 생각한다.

그런데 이게 의외로 그렇지 않다.

옛날에 택시를 타자마자 "오랜만이네요"라고 하는 바람에 움찔한 적이 있다.

"어? 전에 만난 적이 있던가요?"

"네, 꽤 오래전이지만요. 시로가네다이에서 아카사카까지 태워드린 적이 있어요. 그때는 오빠분 이야기를 했죠. 두 살 차이에, 미국에 사신다죠?"

이 사람, 형사가 됐다면 성적이 상당히 우수했을 것 같다. 도둑도 쉽사리 잡지 않을까.

"기억력이 대단하시네요."

감탄하는 한편 불안해진다.

한순간의 만남이라고 생각해서 방심하고 쓸데없는 소리를 하지는 않았을까.

고찰을 계속하다 보니 이런 생각이 들었다. 택시 기사는 우연히 손님으로서 내 인상이 나쁘지 않았기 때문에 말한 것이고, 불쾌한 인상을 남기고 사라졌었다면 두 번째 탔을 때 잠자코 있었을 가능성이 있다.

이것저것 생각해보니 내 부덕의 소치로 별로 만나고 싶지 않은 택시 기사가 그때 그 사람, 또 지난번 그 사람 등등 여럿 있다. 하지만 재회해도 나는 얼굴도 차 번호도 기억하지 못하니 불리하다.

'저번엔 쿨쿨 코 골고 잤으면서 오늘은 점잖은 척하네, 이 여자.'

속으로 비웃고 있을 가능성이 충분히 있다. 정말이지 운전석에도 귀가 있고 백미러에도 눈이 있다.

도쿄 안내

오이타에서 상경한 친구가 비행기 탑승까지 다섯 시간쯤 남는데 어디서 시간을 때우면 좋겠느냐고 물었다. 안내해줄 여유는 없었던지라 최대한 머리를 짜내어 대답했다.

"하네다 공항 근처면 덴노즈 아일* 어때?"

"거기 뭐가 있는데?"

뭐가 있느냐고 물으면 뭐랄까, 쇼핑가와 워터프런트 레스토랑 정도려나, 하고 목소리가 점차 작아졌다.

"아, 그럼 신바시에서 유리카모메를 타고 레인보우 브리지를 건너서 오다이바를 산책하는 건?"

• 天王洲アイル駅. 도쿄 시나가와에 있는 역. 하네다 공항과 도쿄 사이를 오가는 모노레일과 린카이 선이 운행된다.

"으음."

"그럼 아예 신주쿠 도청 견학을 한다든지? 아니면 아사쿠
사 …… 는 멀고."

이것저것 제안해보는데 그의 관심을 끌 만한 신통한 게 생
각나지 않았다.

"뭐, 적당히 때울게. 고마워."

짐을 들고 사라지는 뒷모습을 배웅하며 한심한 기분이 들
었다. 이 정도로 넓은 도쿄에서 추천할 만한 곳을 하나도 못
찾다니. 머리에 떠오르는 건 하나같이 새로 생긴 건물이라든
지 다리뿐이다. 좀 더 '여기는 매력적이고 좋은 곳이야'라고
당당하게 안내할 수 있는 장소는 없을까.

전에 잠깐 살았던 미국 워싱턴 DC라면 그런 곳이 얼마든
지 있었던 것 같다. 일본에서 친구가 찾아올 때마다 관광 가
이드가 된 양 차를 운전해서 시내를 안내하고 투어를 기획했
다. 백악관, 의사당, 링컨 메모리얼, 제퍼슨 메모리얼을 돌아
워싱턴 모뉴먼트에 올라가는 정치사 투어도 좋고, 스미스소
니언 박물관을 중심으로 박물관 미술관 순례도 좋다. 명소와
유적은 취향이 아니라면 조지타운에서 쇼핑을 하고 나서 뒤
쪽으로 펼쳐지는 자연이 풍부한 고급 주택가를 산책한다. 이

언저리에 케네디 대통령이 재클린이랑 살았다고 가르쳐줄 수 있다. 봄이면 타이들 베이슨의 근사한 벚꽃 구경. 여름이면 포토맥 강을 내려다보는 카페에서 요트레이스 견학. 가을이 되면 프리웨이를 달려 단풍을 즐길 수 있다. 그리고 크리스마스에는 백악관이며 의사당, 교외 주택가를 돌며 크리스마스 장식을 구경하는 코스를 추천하는데, 어떠신지?

워싱턴이라는 도시는 미국의 수도이면서도 적당히 아담하고 역사적인 명소도 많기 때문에 이런 계획이 가능한 것일 수도 있다. 도쿄는 너무 넓은 데다 너무 뭐든 다 있고 사람도 너무 많으니 되레 아무것도 못 하는 것일 수도 있다. 아니, 나 자신이 도쿄에서 태어나 도쿄에서 오래 살았기 때문에 매력을 못 알아차리는 것뿐인가. 잠시 살았던 미국의 한 도시에 이방인으로서 향수를 느끼는 것뿐인가.

그 부분에 대한 균형을 못 맞추는 감이 있는 건 사실이지만, 도쿄를 안내하라고 하면 왜 그런지 늘 당황한다는 게 한심하다.

도쿄가 그렇게 불만이면 다른 도시로 이사하면 될 게 아닌

● 杉浦日向子. 만화가이자 에도 풍속 연구가.

가 스스로도 생각할 때가 가끔 있다. 어차피 혼자 사는 몸이니 자유롭고, 직장에 다니는 것도 아니니 어떤 의미에서는 마음만 먹으면 어디 살건 상관없다. 그런데도 도쿄를 벗어나지 않는다.

대체 나는 도쿄를 좋아하는 건가 싫어하는 건가.

나에게 있어 도쿄는 싫어하지는 않는데 만나기만 하면 싸우는 애인 같다.

남에게 소개하려고 하면 결점만 눈에 띄어 "아이참, 그렇게 여기저기 오락가락하지 말고 똑바로 좀 해봐!" 하고 야단치게 된다.

사실은 좀 더 어리광 부리고 싶다. 참 멋지다고 칭찬하고 싶다. 계획이고 뭐고 없이 그때그때 새로운 것만 들이지 말고, 네가 본래 갖고 있는, 옛날부터 소중히 해온 게 정말 훌륭하니까 자신을 갖고 끝까지 지키라고 격려하고 싶을 때도 있다. 그게 여의치 않은 나 자신이 답답한 걸지도 모른다.

"도시가 확립되기까지 대개 백 년은 걸린다고 합니다."

에도 문화에 밝은 스기우라 히나코* 씨가 말씀하셨다. 그래, 백 년이란 말이지. 전후 오십 년의 부흥을 앞으로 오십 년 더 지켜봐야 도쿄를 제대로 평가할 수 있는 건가.

하지만 그 이전의 메이지, 다이쇼 시대의 도쿄는 어디 갔을까. 에도의 정취를 어느 길모퉁이에서 찾아야 하는 걸까. '아직 오십 년'일 수도 있지만 벌써 오십 년 지났다. 지난 오십 년간 축적된 게 어쩐지 희박하게 여겨져 서운하다.

"어머, 워싱턴? 워싱턴도 좋은 곳이지만 도쿄는 그보다 더 좋은걸. 살기 편하지, 분위기 있지, 안심할 수 있지, 역사도 있다고. 꼭 한번 놀러 와."

이 정도로 자랑할 수 있는 도시였으면 좋겠다.

도쿄의 눈초리

얼마 전 텔레비전으로 CNN 뉴스를 보는데 아나운서가 일본계 남자였다. 얼굴은 일본 사람인데 일본에 사는 일본인과는 분위기가 사뭇 달랐다. 영어를 유창하게 구사하기 때문일까. 아니, 아무래도 그게 다는 아닌 것 같다. 볕에 타서 살빛이 건강해 보이기 때문일까. 일본인 중에도 그런 사람이 있을 텐데. 그럼 어디가 다른가. 아나운서가 순 일본인 핏줄의 미국에서 태어난 일본계인지, 아니면 다른 나라 핏줄도 섞였는지는 알 수 없지만, 어쩐지 따스함이 느껴지고 성실해 보이는 인상이었다.

"어디가 다른 걸까?"

같이 보던 친구에게 물었다.

"글쎄, 눈초리 아냐?"

듣고 보니 전형적인 아시아계의 눈으로 서양 사람처럼 이쪽을 꼼짝 않고 쳐다보며 이야기한다. 그 표정이 눈에 익은 일본 사람과의 차이를 낳는지도 모르겠다는 생각이 들었다.

미국 사람은 시선을 마주치는 걸 중요하게 여긴다. 미국에 잠시 살았을 때 그 때문에 꽤 당황했다. 상대방의 눈을 보며 이야기하는 게 예의이고 눈을 피하는 건 실례다. 그런 암묵의 약속이 존재하는 공간에서 나는 서툰 영어로나마 다른 사람과 대화할 때 로마에서는 로마법을 따르려고 노력했다. 그런데 이게 작정하고 하려면 의외로 가슴이 두근거린다. 시선을 똑바로 마주치다 보면 묘한 기분이 드는 것이다.

어쨌거나 상대방은 대개 성냥개비를 몇 개는 올려놓을 수 있을 것처럼 속눈썹이 길며 눈이 크고 아름답다. 젊은 남성이 그렇게 바라보면 그야 동요할 만도 하지 않나. 그런 커다란 눈망울을 가까이에서 보다 보면 심장이 두근거려 무슨 이야기를 하고 있는 건지 알 수 없게 돼서 대답도 건성으로 하게 된다. 한 곳에 초점을 맞추다 못해 눈물까지 나서 착각을 불러일으킨 적이 한두 번이 아니다. 그런데도 아무 일도 안 일어났으니 기뻐해야 하나, 슬퍼해야 하나. 아무튼 나쁜 기분은 아니었다.

미국 사람은 길에서 지나치거나 같은 엘리베이터를 탄 낯선 사람과도 우연히 눈이 마주치면 살짝 미소 짓는다. 그 순간의 안도감. 다정한 시선과 미소만으로 그날 하루를 무사히 보낼 수 있을 것 같다. 아아, 다른 사람과 눈이 마주친다는 게 이렇게 좋은 일이구나. 그렇게 미국 물을 먹고 눈을 마주치는 습관이 들어 귀국했다가 놀라고 말았다.

도쿄로 돌아온 지 얼마 안 돼서 가스미가세키를 걷고 있을 때였다. 지나치는 사람들 누구와도 눈이 마주치지 않는다. 마주치기는커녕 의식적으로 눈을 피하는 낌새마저 느껴진다. 지하철을 탔다. 승객들은 하나같이 무표정하다. 우연히 근처에 있던 사람과 눈이 마주칠 것 같으면 상대방이 당장 불쾌한 표정으로 노려본다. 또는 시선을 슥 돌린다.

도쿄 사람들은 대체 왜 이렇게까지 타인에게 적의를 불태우는 걸까. 뭐가 그렇게 불만일까. 혹시 다들 위궤양을 앓는 건 아닌가. 귀국하고 반년 동안은 외출할 때마다 도쿄의 그런 무뚝뚝함에 실망해야 했다.

그래도 처음에는 되도록 미국 물 먹은 성과를 발휘하려고 다른 사람과 시선을 맞추고 조건반사처럼 미소를 짓곤 했다.

그런데 같이 미소 지어주는 일은 거의 없었고 오히려 기분 나쁘게 생각하는 듯했다. 그러다 보니 나도 열 받아서 상대방을 노려보는 바람에 친구에게 "너 무서워 ……" 하고 지적받는 형편이었다. 결국 나도 깨끗이 포기해 어느새 타인과 눈이 마주치지 않도록 조심하며 걷게 되었다. 하지만 이런 일상이 기분 좋은 건 결코 아니다.

무슨 소리, 미국 사람처럼 상대방의 눈을 응시하는 습관이 오히려 부자연스러운 것이다. 시선을 마주치지 않는 건 원래 상대방에게 경의를 표한다는 표시니까. 그렇게 말하는 사람이 있는데, 그것도 맞는 말이기는 하다. 하지만 아무리 생각해도 현대 도쿄의 길거리에서 마주치는 눈초리가 결코 눈을 내리깔고 자신을 낮추려는 경의의 표시 같지는 않다.

도쿄에 사는 사람들은 바쁘다. 너무 바빠서 이동하는 것만으로도 지친다. 하물며 직장에서 상사며 고객에게 신경을 쓰고 지나칠 정도로 붙임성 있게 굴고 있으니, 길거리에서 자기에게 득이 될 것 같지 않은 인간에게까지 미소를 지을 여유도, 에너지도 남아 있지 않을지 모른다.

붙임성 계좌의 잔고가 바닥났다는 표정이다.

하지만 가게에 들어선 순간 만면에 영업용 웃음을 지으며 "어서 오세요!" 하고 외치는 것보다는 길거리에서 "안녕하세요" 하고 속삭여주는 게, 내 경우 마음이 더 행복할 것 같다.

도쿄에서 태어나 도쿄에서 자라고도 어쩐지 이 도시를 진심으로 사랑하지 못하는 이유 중 하나가 도시의 그런 눈초리가 아닐까. 가끔 그런 생각을 한다.

거리의 대화

신년 벽두부터 버스를 탔더니 승객이 한 명도 없었다.

"어머, 텅 비었네."

혼잣말처럼 중얼거렸더니 "그러게요, 터엉텅" 하고 운전석에서 목소리가 들려왔다. 유머러스한 어조에 이끌려 맨 앞자리에 앉았다. 넓은 차내에 단둘이 있는 건데 기사 아저씨도 재미있을 듯하겠다, 떨어져 앉으면 어쩐 쓸쓸한 것 같았다. 그런데 앞을 보며 커다란 운전대를 잡고 있던 버스 기사가 갑자기 말했다.

"저번 대담 재미있던데요."

내가 주간지에 연재하는 대담을 읽은 모양이다. 얼굴이 알려진 줄은 꿈에도 몰랐던 터라 "고맙습니다" 하고 당황해서 대답했더니 "늘 읽는답니다"라고 했다.

이런 마음씨 착한 얼굴 모르는 독자들 덕에 이럭저럭 일할 수 있는 거지, 하고 나 자신의 입장을 새삼 인식한다. 아무리 거리에 나오면 짜증 나는 일만 눈에 띄는 요즘 세상이라지만 미간을 잔뜩 찡그리고 돌아다니는 걸 반성하고 싶어졌다.

정거장에 설 때마다 승객이 늘었다. 그래도 버스 기사는 잡담을 중단하는 눈치가 없이 친숙한 사이처럼 내게 말을 걸었다. 버스 기사 아저씨와 이렇게 즐겁게 대화하는 건 흔치 않은 일이다. 다른 승객들도 있는데 다소 창피한 생각도 들었지만 평온하고 즐거운 시간이었다. 내릴 때가 돼서 "고맙습니다" 하고 긴장하며 인사했더니 "네, 그럼 또", 마치 내일도 만날 것 같은 투로 대답하고는 직무로 돌아갔다.

좋은 일은 한 번 생기면 이상하게도 계속되곤 한다. 그날 오후에 택시를 두 번 탔는데, 두 번 다 인상 좋은 기사를 만났다. 사소한 일이지만 의외로 기뻤다.

그러고 보니 대학 시절에 작은 일로 기뻐하는 친구가 있었다. 가령 찻집에 들어갔는데 웨이트리스의 서비스가 세심하면 "아이, 기뻐라" 하고 느닷없이 말하는 식이다. 갑자기 무슨 소리냐고 물으면 "아까 그 웨이트리스, 인상 좋았잖아"라고 대답하는 것이다. 이어서 이번에는 거리를 걷다가 길을 물었을 때 친절하게 가르쳐준 사람을 만났다. 감사를 표하고 헤어진 뒤, 그녀는 놀란 것처럼 눈을 동그랗게 뜨고 "참 좋은 사람이네. 다행이야"라고 했다.

그 단순한 기쁨을 보고 내가 더 놀랐다. 이런 각박한 세상에 이 정도로 무구한 여자애는 찾아보기 힘들다. 그때 이 사람과 친구가 되자고 결심했다. 그녀의 솔직하고 소박한 성격에 감화되면 내 성격도 조금은 개선될 것 같았기 때문이다.

그런데 감화는 아무래도 친구 쪽이 된 듯, 대학을 졸업하고 회사에 들어가 몇 년 지나자 그녀는 서서히 나를 닮기 시작했다. 수첩을 보며 "에휴" 하고 큰 소리로 한숨을 쉬고, 잡담을 하면 "하여간 열 받는다니까" 하고 투덜대기만 했다.

그 시절의 그녀는 대체 어디로 갔을까. 그렇게 순수했던 웃음은 그저 젊기 때문에 가능했던 걸까. 아니면 그 시대에 비해 세상과 우리가 너무 바빠진 탓일까.

수다 떨기 좋아하는 버스 기사와 친절한 택시 기사 둘을 만난 날, 집에 오는 길에 도요코 선 전철에서 어느 할머니의 옆자리에 앉게 되었다. 할머니는 내가 벗어서 들고 있던 오리털 코트를 바라보며 "어머나, 이불 같은 코트네"라고 홀쩍 말

을 걸어왔다.

"이거 오리털인가? 겉은 면이 아니네."

내 코트에 손을 뻗어 점검한다.

"네, 화학섬유예요. 그래서 정전기가 발생해서 문제예요."

"그거 싫지, 정전기. 찌리리 하지. 그거 겁나지."

한두 마디로 끝날 거라고 생각했던 대화가 정전기에서 시작해 오리털 이불, 가방, 날씨 등으로 발전해 같은 역에서 내릴 때까지 이어졌다. 그쯤 되면 남 같지 않다. 비척비척 일어난 할머니를 따라 느린 걸음걸이로 플랫폼에 내렸는데 난처했다. 이대로 개표구까지 따라갈까. 하지만 좀 급한데. 망설이는 나를 아랑곳하지 않고 할머니는 "자, 그럼 잘 가시게"라며 가볍게 인사하고 걸음을 뗐다.

낯선 사람과 접하는 데 익숙한 사람은 대화를 트는 것도 능하지만 헤어질 때도 세련됐다. 아니, 이 할머니에게 낯선 사람이란 존재하지 않을지도 모른다. 거리에서 만나는 사람은 모두 아는 사람이다. 그런 심경에 도달할 수 있으면 도쿄를 걷는 것도 꽤나 즐거워질 것이다.

빌딩가의 느티나무

　창밖으로 숲이 보이는 집에 사는 게 오랜 꿈이다. 풍경을 즐기는 데 그치지 않고 손을 뻗으면 굵은 나뭇가지가 닿는 집에 가능하면 살고 싶다. 그리고 나뭇가지 위에서 낮잠을 자보고 싶다. 또는 나뭇가지에 밧줄을 묶어 그네를 타는 것도 이상이다.

　도쿄에서 나고 자라 도회지 생활을 계속하고 있으니 큰 나무에 대한 동경이 남보다 갑절은 클지도 모른다. 그렇게 자연이 좋으면 시골에 살지 그러느냐는 말도 듣는다. 그것도 확실히 이상이지만, 나는 자연의 은총을 오히려 도시에서 맛보고 싶다.

　큰 나무 주변에는 언제나 상쾌한 냄새가 감돌고 그늘에 부는 바람이 시원하다. 나아가 큰 나무가 자라면서 만들어온 오랜 역사가, 바쁜 도시 생활에 지쳐 예민해진 마음을 달래줄 것 같다.

물론 찾아보면 도쿄에도 큰 나무가 없는 게 아니다. 지금 살고 있는 세타가야 일대에도 '보존목'이라는 명찰이 달린, 수령이 백 년 가까이 될 듯한 떡갈나무며 느티나무의 굵은 줄기를 찾아볼 수 있다. 주위에 건물들이 빽빽하게 들어서기 훨씬 전부터 살아왔을 게 틀림없다. 예전에는 주위에 친구도 많았을 것이다. 새로운 주택이 들어서거나 도로 정비를 할 때마다 친구들은 하나둘 사라져갔다. 다행히 그 나무만은 입지 조건이 좋아서 베이지 않고 목숨을 부지할 수 있었던 걸지도 모른다.

어느 더운 여름날, 가스미가세키* 빌딩가 근처를 걷고 있었을 때였다. 너무 더워서 힘들어 죽겠다고 화내며 걷는데, 시원한 바람이 땀에 젖은 몸을 슥 스치고 지나갔다. 무슨 일인가 싶어 바람이 불어온 쪽을 보자 느티나무 한 그루가 서 있었다. 고층 건물이 즐비한 사이, 콘크리트 바닥의 작은 광장

---

* 도쿄 지요다 구에 위치한 관청가. 중앙정부의 거의 모든 본성과 국회의사당, 수상 관저 등이 있는 일본 행정과 정치 중심지다.

중앙에 푸른 잎을 살랑살랑 흔들며 서 있다. 시원한 바람은 그 나무에서 온 것이었다.

한 그루뿐인데도 이렇게 쾌적한 공기를 만들어주는구나.

식물은 낮 동안 엽산을 뿜어내 이산화탄소를 흡수한다. 초등학교 때 배운 단순한 원리가 갑자기 생각나, 이름도 없는 느티나무에게 '용케 살아 계셨습니다' 하고 감사하고 싶어졌다.

"프랑스였나, 영국에선 말이지, 나무 한 그루를 벨 때마다 새로 두 그루를 심어야 한다는 법률이 있대."

친구가 이야기해주었다. 사실인지 아닌지 확인한 적은 없지만 그런 법률이 일본에도 있었다면 얼마나 즐거웠을까.

들판에 있던 것

    게스트를 초대해 이야기를 듣는 토크 프로그램에서 사회를 본 적이 있다. 그 프로그램에는 고정 테마가 하나 있었다. 이제는 사라져가고 있는 그리운 존재, '나의 특별한 것'을 골라 그걸 중심으로 이야기를 진행하는 것이다. 가령 대중목욕탕, 다다미, 쌀겨 반죽, 손염색 수건, 풍로, 만주, 보자기 등 매회 다양한 소재가 등장한다. 어린 시절의 추억이 있고, 이야기하면서 새삼 깨닫게 되는 사실도 있다. 몰랐던 그 물건의 역사와 이름의 유래를 발견하는 경우도 있다. 그러네, 그러고 보니 얼마 전까지만 해도 일상적으로 봤는데 어느새 못 보게 됐는걸 싶은 물건들뿐이다.

    프로그램을 계속하다가 깨달았는데, 어느 소재를 다뤄도

거의 공통되는 점이 있었다. 이 그리운 물건들이 모습을 감추기 시작한 게 쇼와 30년대부터 40년대(1950, 60년대)에 해당되는 소위 '고도 성장기'인 듯하다는 사실이다.

내게는 초등학교부터 중고등학교 시절에 해당하는 그 시대를 그런 식으로 묶어서 말한다는 걸 안 건 한참 지나서였다. 하지만 돌이켜 생각해보면 확실히 해가 갈수록 세상이 변모하고 밝은 미래를 향해 돌진하고 있었다는 인상이 있다. 도로는 순식간에 정비되고, 고속도로가 출현했으며, 새로운 건물이 속속 들어섰다. 신칸센이 개통되고, 각 가정에 텔레비전이 들어왔고 그게 컬러가 되더니 위성중계라는 걸 통해 외국의 라이브 영상을 볼 수 있게 됐다. 해외여행이 흔한 일이 되고, 전화선이 발전하고, 뭔지는 몰라도 아무튼 꿈이 부쩍부쩍 현실이 됐다.

초등학교 때 미래라는 주제로 글을 써야 했다. 그때 나는 분명히 '미래엔 전기 자동차가 달리고 움직이는 인도가 생기면 좋겠습니다' 같은 말을 썼던 것 같다. 아마 당시 보던 애니메이션이나 드라마의 영향을 받아 그런 미래 도시의 모습을 그렸을 것이다. 하지만 글을 쓰면서 그런 시대는 훨씬 나중, 십중팔구 내가 할머니가 됐을 무렵이나 죽은 다음에야 실현

될 것이라고 생각했다. 당치도 않다. 그러고 나서 거의 십 년 뒤 대부분이 현실로 나타나고 말았다.

하여간 좋은 시대에 성장했다. 전후에 태어나 전쟁의 끔찍함을 모르는 우리 세대는 평화를 당연한 것으로 여기며 오로지 진보와 편리와 부만을 추구하며 내달려왔다. 그 그늘에는 구렁텅이에 빠진 일본을 어떻게든 부흥시키려 한눈팔지 않고 일만 했던 어른들이 계신다. 감사해 마지않을 일이다. 감사해 마지않은 일인 건 사실인데, 요즘 들어 문득 불안해질 때가 있다. 이렇게 편리하고 풍요롭고 편안한 시대가 되긴 했는데 오늘날 일본 사람은 과연 얼마만큼 행복할까.

『나의 특별』이라는 토크 프로그램에 참가하면서 다양한 분들의 옛날 이야기를 듣다 보니, 어쩌면 우리가 잃은 건 물건의 존재만이 아니지 않을까 하는 생각이 들었다. 그보다 더 소중한, 이제는 되찾을 수 없는 시간과 공간, 가치관과 배려심, 그 자체로는 아무런 경제적 효과도 없지만 매력적이고 멋을 아는 국민이기 위해서는 빠뜨릴 수 없는, 아주 오래 전에 외국 사람들이 '가난하지만 훌륭하다'고 높이 평가했던 일본인 특유의 자부심 같은 것, 그 모든 걸 경제 효율을 우선하는 시대를 지나오면서 잃어버린 게 아닐까.

프로그램의 사회를 보는 사람으로서 "그럼 당신의 '특별'은 뭡니까?"라는 질문을 받을 때가 있다. 글쎄요, 뭘까요, 하고 생각한 끝에 '들판'이라고 대답했다. 그 밖에 생각나는 게 없지는 않지만, 도쿄에서 나고 자란 내게는 이제 쉽게 찾아볼 수 없는 '들판'이 더없이 그립다.

누구 땅인지는 모르지만 왜 그런지 건물도 짓지 않고 방치되어 있는 곳 말이다. 애들이 들어가 놀아도 혼나지 않는다. 잡초가 우거지고 잡목림이 있어 매미, 잠자리, 나비를 잡기에 안성맞춤이다. 숨바꼭질을 하고, 깡통을 차고, 개미굴을 발견해 몇 시간씩 바라보고. 한번은 커다란 드럼통이 있기에 속에 들어가 데굴데굴 구르며 놀다가 순경 아저씨에게 "위험하니까 그러지 마라" 하고 야단맞은 적이 있다.

들판에는 이렇다 할 놀이 도구는 없지만, 거꾸로 말하면 그곳에 있는 모든 게 놀이 재료가 될 수 있었다.

그곳엔 뭘 해도 싫증 나지 않는 공간과 시간이 있었다.

들판에서 계절을 느꼈고, 들판에서 생물을 관찰했고, 들판에서 위험을 알았고, 들판에서 인간관계를 배웠다. 아니, 그

렇게 거창한 게 아닐지도 모른다. 그냥 멍하니 있었을 뿐이다. 하지만 그 멍하니 있을 수 있는 분위기가 들판에는 존재했다.

십중팔구 들판은 내 어린 시절에 대한 노스탤지어의 상징에 불과할 것이다. 아무리 예전에 좋아했다지만, 어른이 된지금 눈앞에 별안간 들판이 재현된다고 해서 그때만큼 좋아할지는 알 수 없는 일이다. 그렇지만 그런 아무 쓸모도 없는물건이 사방에 존재했던 일본의 한가로운 공기가 사라진 게나는 아쉽다.

어려운 이야기는 나도 모른다. 좁은 일본 땅에서 사치스러운 소리 말라고 하면 반론의 여지는 없다. 하지만 편리와 효율만을 추구하며 낭비와 불편을 철저하게 배제하면, 결국은인간도 토지도 경치도 문화도 나라 자체도 아주 재미없어지고, 매력이 전혀 없어지고, 친절과는 담 쌓게 되고, 완전히 마음의 여유를 잃게 될 것만 같다.

고도 성장기의 은혜를 남김없이 받은 사람으로서 나는 잃어버린 걸 되찾을 책임이 있다. 이제 슬슬 그 작업을 시작하지 않으면 일본은 돌이킬 수 없을 만큼 재미없는 나라가 될것 같다는 불길한 예감이 든다.

손해 본 도둑

한 연예인이 소지금을 도난당했다는 기사가 신문에 실렸다. 피해를 입은 사람의 코멘트로 '훔쳐 간 사람, 제발 반은 돌려줘'라고 쓰여 있었다.

기사를 읽고 생각난 게 있다. 몇 년 전 엔도 슈사쿠* 씨 댁에 도둑이 들어 상당한 액수의 돈을 훔쳐 갔다는 뉴스가 나왔다. 그때 엔도 씨의 코멘트가 대단했다.

'도둑 님에게. 그렇게 다 가져가면 저도 생활이 어려우니 제발 반이라도 놀려주십시오. 나머지는 원하는 대로 쓰고 행

---

* 遠藤周作. 《하얀 사람》으로 1955년 아쿠타가와상을 수상했고, 《바다와 독약》으로 신초샤 문학상, 마이니치 출판문화상, 《침묵》으로 다니자키 준이치로상을 수상한 소설가. 1996년 타계하기 전까지 여러 차례 노벨문학상 후보에 올랐다.

복하게 사십시오.'

　꽤 오래 전 일이라 정확히 기억나지는 않지만, NHK 뉴스 아나운서가 진지한 목소리로 그런 코멘트를 읽었을 때 동정하기 앞서 무심코 웃고 말았다. 그리고 다음 순간 참 멋진 분이라고 감동했다.

　돈을 도둑맞고 불쾌하지 않은 사람은 없을 것이다. 하지만 그런 불행을 당하고도 유머러스하게 반응할 수 있는 사람을 존경한다. 엔도 씨 댁에 침입했던 도둑은 뉴스를 들었을까. 들었다면 어떻게 생각했을까.

　내가 도둑이라면 엔도 씨에게 당장 편지를 써서 이렇게 말씀드렸을 것 같다.

　'일전에 댁을 노리고 들어가 실례 많았습니다. 너무나도 매력적인 돈이 많이 있기에 그만 가져가고 말았습니다. 반은 돌려 달라고 말씀하셨습니다만, 저도 딸린 입이 많아 생활이 궁한 처지인데 4분의 1이면 어떨까요? 동의해주시면 후일 집이 비는 틈을 타서 가져다 드리겠습니다. 그럼 안녕히.'

　도둑질을 정당화할 생각은 눈곱만큼도 없지만, 돈을 둘러싸고 상대하는 사람들 사이에 이 정도로 유머가 존재한다면 세상이 좀 더 즐거워질 것 같다.

전에 우리 집에도 어느 여름밤 도둑이 들었다. 도둑을 목격한 사람은 가족 중 나 하나뿐이었다. 덜컹거리는 소리에 잠이 깨 침대에 누운 채 실눈을 떴더니 바로 곁에 도둑이 서 있었다. '곰과 마주치면 죽은 척하기'라는 이야기가 생각나 몸이 떨리는 걸 필사적으로 참으며 도둑이 나갈 때까지 꼼짝하지 않았다.

다행히도 몇 달 뒤 도둑이 잡혀 다시 경찰서를 찾았다.

"전에도 말씀드린 것처럼 도둑은 덧문을 뜯고 들어와서 제 방으로 올라와 제 지갑에서 돈을 빼 갔어요. 피해 총액? 2만 엔 정도일걸요."

그 순간, 형사가 고개를 갸웃했다.

" …… 왜요?"

"아니, 그게, 도둑은 6, 7천 엔이라고 했거든요."

그 뒤 아버지는 이 도둑 사건을 소재로 단편을 쓰고 나는 잡지에 에세이를 실어 둘 다 원고료를 벌었다.

우리 집에 들어와 제일 손해를 본 사람은 도둑이었을지 모른다. *end.*

혼자지만 뭐 어때

분명히 중학교 때였다고 기억한다. 정기고사를 보고 돌아오는 길, 내가 탄 요쓰야 3번지행 33번 도영(都營) 노면 전차가 아오야마 1번지 교차로를 지나기 직전 오른쪽 커브에 접어들어 기기긱 하는 기계음을 내며 지나가려 했다. 그때 무심코 창밖으로 시선을 옮기다가 길 건너 벽면에서 발견했다.

오드리 헵번 주연의 영화 『언제나 둘이서(Two For The Road, 1967)』의 포스터였다. 날씬한 헵번이 우람해 보이는 남자에게 몸을 기대고 있다. 산들바람에 검은 머리가 흔들렸다. 포스터이니 흔들리는지 아닌지 알 리가 없지만 어쩐지 그런 분위기가 감돌았다.

한편 전차에 앉은 나는 그날 시험은 그럭저럭 무사히 넘겼지만 햇빛이 쨍쨍한 이 근사한 날씨에 집으로 곧장 돌아가 잠이 부족한 상태로 내일 볼 시험을 준비해야 했다. 이 얼마나 슬픈 신세란 말인가. 불행한 나에 비해 포스터 속 두 사람은 사랑에 빠져 참 행복해 보였다.

좋아, 나도 어른이 되면 멋진 사랑을 하고 그 사람과 '둘이서' 행복한 나날을 보내야지. 언젠가 그런 때가 올 것을 꿈꾸며 지금은 눈앞의 고난을 견뎌내는 수밖에 없다. 한가로운 전차의 흔들림에 몸을 맡기며 몽상에 젖어 있던 게 기억난다.

그 이래로 걸핏하면 이 영화 제목이 머리를 스친다. 실제로 영화를 본 건 그로부터 한참 지나서였는데, 자동차 여행 중에 과거와 현재를 교묘하게 섞어낸 세련된 러브스토리의 본질은 '언제나 행복'인 건 아니었고 좀 더 복잡한 '두 사람'의 인생을 그리고 있었다(말 나온 김에 덧붙이자면 상대방 남자는 꽤나 독단적이고 자신만만한 성격이라 그다지 내 취향이 아니었다). 하지만 그런 우여곡절 어린 관계를 알고 나서도 포스터에 있던 '두 사람'의 이미지가 일종의 동경으로 내 마음에 정착했다.

그 뒤로 수십 년이 지난 지금도 동경하던 '언제나 둘이서'를 실현하지 못하고 있다. 이유는 모르겠는데 그렇게 되지 않는다. 기댈 수 있는 상대방이 없다.

그렇다고 뭐 대단한 비장감이나 적막감을 느끼는 건 아니다. 그게 큰 문제라는 생각도 든다. 이번에 여기저기에 썼던 서툰 글들을 다시 읽어보고 새삼 깨달았다.

내가 봐도 '혼자' '혼자' 하고 참 여러 번 떠들었다. 물론 나는 가족도, 동료도, 친구도 상당히 좋은 사람들을 만난 편이니 혼자 힘으로 살고 있다고 으스댈 생각은 없다. 하지만 마음속 깊은 곳에서는 유년기의 계획을 대폭 수정해 '언제나 혼자서'를 각오하겠다는 무의식적인 의식이 싹튼 것 같다.

쯧쯧, 딱하기도 하지, 하고 불쌍하게 여기실 것 없다. 이건 이것대로 즐거운 점도 있다. 꼭 오기를 부리는 것 같지만, 그 즐거움은 중학교 때의 그날 텅 빈 전차 안에서 포근한 햇살을 등에 쬐던 느낌과 그렇게 크게 다르지 않다. 어디 두고 보라지, 나도 이제 곧 저렇게 될 거니까, 하고 바깥 경치를 부러워하며 깜박깜박 꿈꿨던 시간의 약간은 서글픈, 하지만 기분 좋은 잠꼬대. 생각하면 늘 똑같았던 마음 편한 잠꼬대인 것이다.

이 책에 수록된 글 중에는 시대나 나이에 지금과 꽤 차이가 생긴 것도 있지만, 썼을 때 기분을 중시하고 싶은 부분에 대해서는 잡지 연재 때 그대로 두었다.

혼자인 내게 힘을 주시는 분들은 사실 많다. 아주 감사한 일이다. 특히 이번에는 흔치 않은 열의와 유머와 끈기의 소유자인 다이와 쇼보의 하세베 도모에 씨, 그리고 이제는 실현이 불가능할 것이라고 생각했던 내 꿈을 그림으로 실현해주신, 내가 정말 좋아해 마지않는 와다 마코토 씨에게 진심으로 감사를 드린다.

화창한 봄날에 아가와 사와코

혼자가 어때서

초판 1쇄 인쇄 2016년 10월 5일
초판 1쇄 발행 2016년 10월 10일

지은이 아가와 사와코
옮긴이 권영주
펴낸이 정용수

사업총괄 장충상 **본부장** 홍서진 **1팀편집장** 박지원
책임편집 김은혜 **디자인** 서은영 **영업·마케팅** 조대현 윤석오 정경민 신다빈

펴낸곳 (주)예문아카이브
출판등록 2016. 8. 8. 제2016-000240호
주소 서울특별시 마포구 동교로18길 10 2층(서교동)
대표전화 031-955-1712 **대표팩스** 031-955-0605 **이메일** yms1993@chol.com
홈페이지 http://www.yeamoonsa.com **블로그** http://blog.naver.com/yeamoonsa3
물류센터 경기도 파주시 직지길 460(출판도시) **전화** 031-955-0550

ISBN 979-11-958741-0-1 03830
한국어판 ⓒ 예문아카이브, 2016

* 이 도서의 국립중앙도서관 출판예정도서목록(CIP)은 서지정보유통지원시스템 홈페이지
  (http://seoji.nl.go.kr)와 국가자료공동목록시스템(http://www.nl.go.kr/kolisnet)에서
  이용하실 수 있습니다. (CIP제어번호 : CIP2016020507)
* 책값은 뒤표지에 있습니다. 잘못된 책은 구입하신 곳에서 바꿔드립니다.